LE

MARTYRE DES ROIS,

OU LA

Vie et la Mort de Mgr. le duc d'Orléans,

SES FUNÉRAILLES A PARIS ET A DREUX,

SON APOTHÉOSE,

POEME

Imprimerie de Ve DONDEY-DUPRÉ, rue Saint-Louis, 46, au Marais.

LE
MARTYRE DES ROIS,

OU

LA VIE ET LA MORT DE MGR LE DUC D'ORLÉANS,

PRINCE ROYAL,

SES FUNÉRAILLES A PARIS ET A DREUX,

SON APOTHÉOSE,

LA SÉANCE ROYALE, LE DISCOURS DU ROI,

Poëme,

ODE-ÉLÉGIE,

CONTENANT PLUS DE MILLE VERS ALEXANDRINS,

Suivi de nombreux articles en prose, contenant : 1° un résumé biographique, historique et anecdotique de la vie de Mgr. le duc d'Orléans ; 2° une lettre du prince écrite la veille de sa mort à M. le préfet de la Meurthe ; 3° le récit détaillé donné par les journaux sur la catastrophe du 13 juillet, la mort du Prince royal, la chambre mortuaire et l'autopsie ; 4° le programme des funérailles ; 5° la description de la pompe funèbre, relativement au char et aux décorations dans l'intérieur de Paris, à Notre-Dame ; 6° la séance royale et le discours du Roi, et enfin tout ce qu'on peut désirer connaître ; plus une table des matières.

PAR P. GAGNE,

Avocat à la Cour royale de Paris, auteur du poëme LE DÉLIRE, sur la catastrophe du chemin de fer, ainsi que du poëme LE SUICIDE, etc.

Un vol. in-18, contenant la matière d'un fort volume,

Orné d'un beau portrait du Prince.

PRIX : 75 CENT.

CHEZ ILDEFONSE ROUSSET,

Libraire de S. A. R. Madame la Duchesse d'Orléans,

RUE RICHELIEU, 76 ;

Et chez LEDOYEN, libraire, galerie d'Orléans, 31.

1842

LE

MARTYRE DES ROIS,

POEME.

. . . . . . Je dois mourir bientôt !

LE DUC D'ORLÉANS, *à sa sœur, la veille de sa mort,*

Encore si c'était moi !

LE ROI.

Quel malheur pour notre famille ! mais quel affreux malheur pour la France !

Ce n'est pas trop, mon Dieu ! mais, hélas ! c'est beaucoup ! c'est beaucoup ! ! !

LA REINE.

Il est mort !.. Je vous comprends !... Non, cela n'est pas possible ! Vous vous trompez, il n'est pas mort ! Nous le retrouverons ! Je le reverrai ! ! !

LA DUCHESSE D'ORLÉANS.

Le Songe.

La nuit de cette mort, *catastrophe royale,*
Je contemplais en rêve un jeune souverain;
Un empire suivait sa marche triomphale !
Je me suis réveillé, tout s'est brisé soudain !
Et neuf heures après (lugubre concordance !)
Pour voir le *prince-roi* promptement accouru,
Je l'admire suivi de l'empire de France...
Je me suis retourné... tout avait disparu ! ! !

1

Le Prélude funèbre.

O monde ! couvre-toi de longs crêpes funèbres,
Et viens noyer de pleurs le plus sombre cercueil,
La nuit change le jour en d'affreuses ténèbres,
Et partout de la mort se déroule le deuil;
Celui qu'avec amour voyait grandir la France
Qu'il devait illustrer par toutes les vertus,
Son plus brillant flambleau, sa plus riche espérance,
Ferdinand d'Orléans.. le *prince-roi* n'est plus !!

Oui le digne héritier du plus glorieux trône,
Le plus noble talent, le plus généreux cœur,
Qui voyait rayonner la plus belle couronne ,
Qui par l'âme et l'épée en tous lieux fut vainqueur,
Oui, le vaillant héros qui, sur le champ de gloire,
Quand il bravait la mort la vit fuir sur ses pas,
Par le plus noir destin, la plus tragique histoire,
Quand il cherchait la vie a trouvé le trépas !!

Vous voyez triomphant ce superbe équipage,
Et le prince royal rayonnant de splendeurs,
Tandis que tout accourt sur son riant passage,
Afin de l'enivrer de respects et d'honneurs !..
Retenez, ô passants ! votre trop juste envie,
A l'appel des tambours volant avec transport,
Vous croyez admirer la plus brillante vie...
Hélas ! retournez-vous.. Regardez.. c'est la mort !!

La Chute.

Triomphant dans son char, ce nouvel Hippolyte,
Digne fils d'un héros et du plus grand des rois,
Se rendait à Neuilly, sans escorte et sans suite,
Pour revoir sa famille une dernière fois !
Quand soudain les coursiers d'un élan funéraire,
Partent comme l'éclair, sourds au frein déchirant,
Le prince, sans effroi, veut s'élancer à terre...
Il tombe... L'on accourt... On le trouve expirant !...

L'Agonie.

Le prince qui, brillant de vie et de puissance,
Désertait un palais où toute grandeur luit,
Une minute après, meurtri, sans connaissance,
Est transporté mourant dans un humble réduit !
Chacun, épouvanté et les yeux pleins de larmes,
Prodigue au *prince-roi* les plus justes secours,
Et les docteurs, pressés par les longs cris d'alarmes,
Volent tous pour sauver de si précieux jours.

Sur le bruit, répandu comme un coup de tonnerre,
De ce lugubre sort qui brise tous les cœurs,
Voyez des maréchaux, les chefs du ministère,
Tous s'élancer soudain vers ces lieux de douleurs;
Voyez, hélas ! à pied ! une mère, une reine
Avec ses fils, sa sœur et son royal époux,
Accourir éperdus sur cette horrible scène,
Pour prodiguer les vœux et les soins les plus doux.

Ah ! quel pinceau sanglant, quelle funèbre lyre,
Pourraient dépeindre, hélas ! le drame déchirant
Dont tous les cœurs brisés par le plus noir délire
Ont été les témoins en ce jour dévorant ?
Non, tous les chants des morts aux tortures cruelles
Ne sauraient exprimer aux mortels pleins d'effrois
La moitié seulement des angoisses mortelles
Qui, six heures durant, ont poignardé nos Rois !

Voyez-vous cette Reine en ses larmes noyée,
Etreindre dans ses bras, en efforts superflus,
Ce fils sans mouvement et la tête broyée,
Ce fils, ce fils muet qui ne la connaît plus !
La voyez-vous presser ses lèvres sur sa bouche,
Afin de l'animer par son souffle de feu...
Puis sans espoir, quittant la funéraire couche,
Tremblante, à deux genoux tomber devant son Dieu !!

Voyez-vous ce grand Roi déjà mûri par l'âge,
Qui de tous les malheurs a fatigué la loi,
Devant ce fils mourant, par un divin courage,
Sacrifier le père à la grandeur du Roi !
Et suivant les progrès de la mort qui s'avance,
Sur ce fils qu'il soutient dans ses bras paternels,
Consulter saintement les destins de la France,
Et puis nous pleurer tous en d'adieux éternels !!

Non, non, jamais mortel, jamais Roi, jamais père,
Sur le cercueil d'un fils, à ses yeux expirant,
Ne nous montra l'amour, le sacré caractère
Qu'a déployés ce Roi dans ce jour déchirant;
On aurait dit un dieu de la grandeur romaine,
Rayonnant constamment du plus sublime éclat,
Et que tous les malheurs de la nature humaine
Ne sauraient détourner des hauts soins de l'état !

Par les soins prodigués par l'art et la nature,
Ce prince qu'on croit mort a fait un mouvement...
Soudain, chaque assistant que brisait la torture,
De la sombre douleur passe au ravissement;
Et sa famille en pleurs, qui de douleur succombe,
Et qui prie à genoux sur son fatal trépas,
Croyant le voir alors s'échapper de la tombe,
Le couvre de baisers et le presse en ses bras !

Mais, hélas ! vain espoir ! à ce signe de vie
Que l'on fait publier soudain dans tout Paris,
A succédé bientôt la mortelle agonie,
Et le froid de la mort reglace les esprits !
Sa famille est broyée au nouveau coup de foudre !
C'en est fait, de la vie est brisé le ressort,
Le *prince-roi* se meurt et tout va se dissoudre,
Il tremble... Il agonise... Il expire... Il est mort !

La Mort.

Il est mort ! et le Roi, le digne et ferme père,
Demeure encor debout près de ce corps sanglant,
De le voir revenir son tendre cœur espère,
Et ne peut croire encore à ce sort désolant;
Mais c'en est fait, bientôt le trépas l'enveloppe,
Il pose un saint baiser sur ce front sans couleur,
Et déplorant sa perte et celle de l'Europe,
Lui-même à sa famille annonce son malheur.

Il est mort ! *quel malheur pour nous et pour la France!*
Crie aussitôt la Reine en tombant à genoux
Sur le pavé sanglant de ce lieu de souffrance,
Et pressant dans ses bras ses fils et son époux;
Ferdinand ! Ferdinand ! mon fils ! sors des abîmes,
Lui dit-elle, doutant de ce funeste coup !!
Et puis repète à Dieu ces mots vingt fois sublimes,
Ce n'est pas trop, mon Dieu! mais, hélas! c'est beaucoup!

Il est mort ! il est mort ! Couronne, sceptre, empire,
Tout ce dont un monarque ait lieu d'être ébloui,
Les plus brillants honneurs que l'on puisse prédire,
Tout, dans un seul instant, tout s'est évanoui !
Plein d'orgueil il montrait la plus belle couronne
Qui puisse rayonner au front des souverains,
Une seconde après, foudroyant sa personne,
La plus lugubre mort la brise dans ses mains !!

Ainsi qu'on voit aux cieux un brillant météore,
Qui, montant par degrés, reflète ses rayons,
S'éclipser tout à coup encor dans son aurore,
Sans laisser bien souvent les plus légers sillons,
Ainsi du *prince-roi* l'étoile rayonnante,
Qui, montant, reflétait son éclat immortel,
Près d'atteindre le haut de la voûte éclatante,
S'éclipse tout à coup de son terrestre ciel !

Il est mort ! il est mort ! et sa famille illustre,
Qui ne peut croire au coup qui vient l'anéantir,
Ne pouvant pas quitter ce cadavre sans lustre,
Prie, hélas ! que soudain on le fasse sortir;
Sur un grossier brancard des malheureux déposent
Ce cadavre royal comme un pauvre honteux,
Et quatre royautés qui de larmes l'arrosent,
Le suivent à pas lents en un palais pompeux.

Pendant que soutenu par un Roi, par un père,
Le cortége des Rois détrônés s'avançait,
Demandant quel était ce défunt, pauvre frère,
Un mendiant en pleurs sur la route passait;
Un prince qui le vit, en lui faisant l'aumône,
Dit à ce mendiant, soudain rempli d'effroi :
Le mort... c'est l'héritier du plus splendide trône,
Puis des princes royaux, puis la Reine et le Roi !

La Moralité.

Voilà donc les destins des soleils de la terre,
Plus fiers que ceux qu'au ciel constamment nous voyons,
Et qui, sans crainte, hélas ! des vents et du tonnerre,
Dardent sur les mortels leurs orgueilleux rayons;
Tout-puissants dans leur ciel un réseau les accroche,
Et soudain s'éteignant, on les voit tomber tous,
L'un sur un échafaud, l'autre sur une roche,
L'un sur un beau palais, l'autre sur des cailloux.

Mortels, qu'à tous ces coups votre orgueil se confonde;
Vous voyez de ce fil la légère épaisseur,
Sur elle comme un grain se balance le monde;
D'un côté c'est le beau, de l'autre c'est l'horreur,
D'un côté c'est la vie et de l'autre la tombe,
Ici l'amour sourit, là la rage se tord,
D'un côté tout grandit et de l'autre tout tombe;
Ici toute la vie et là toute la mort.

Le prince est triomphant, l'existence le berce
Sur le point de tomber à ce terme fatal...
Il a franchi le fil, le trépas sous sa herse
Vient lui faire subir un supplice infernal;
Le prince est triomphant l'existence l'inonde,
Et vient le couronner de l'empire géant...
Il a franchi le fil, dans sa haine profonde,
La mort vient le saisir et le jette au néant !

Vous voyez ce caillou recouvert de poussière;
Là s'est venu briser le plus superbe Roi !
Dieu dit : Je veux que là s'éteigne la lumière,
Au même instant la nuit nous couvre avec effroi !
Vous voyez ce grabat et cette humble masure,
Là, dans les bras tremblants de l'épicier en pleurs,
Sont venus expirer la plus riche nature,
Le plus brillant empire et toutes les splendeurs !!

Ah! par ces coups brisant les plus grands philosophes,
Vous voulez donc, mon Dieu ! pour croître nos douleurs,
Couronner aujourd'hui toutes les catastrophes,
Par le plus foudroyant de nos sombres malheurs;
Oui, oui, c'est le plus noir de nos malheurs sans nombre,
Car si du monde entier les longs embrasements
Ont sur cent mille fronts mis le deuil le plus sombre,
Ce malheur d'un état brise les fondements.

Ah! ne nous dites pas que le ciel vous opprime,
Vous que même à quêter la fortune réduit,
Et dont la bouche en feu du fond de quelque abîme,
Sur le bonheur des rois, hélas ! souvent maudit.
Ah! malgré tous leurs forts, leurs gardes tutélaires,
Par un glaive sanglant toujours hors du fourreau,
Le malheur sait des rois faire ses tributaires,
Et comme l'humble toit renverse le château.

1.

Tout un monde est riant, au même instant tout pleure,
De la vie à la mort tout, tout passe soudain;
Vous voyez dans le char qu'à peine l'œil effleure,
Galoper tout un monde... il a versé... plus rien!!!
Nous avons tous, plongés dans l'abîme du monde,
Un pied dans le présent, l'autre dans l'avenir,
Et quand nous triomphons, dans moins d'une seconde
Dieu veut : l'avenir naît, le présent va finir!

Pour apporter, hélas! quelque aumône salubre,
Des désastres affreux qui frappent jour et nuit
Mon vers hâté croyait pleurer le plus lugubre,
Deux mois après, ô ciel! un plus lugubre luit.
Oui, Dieu pour consacrer dans un sanglant baptême
Ces trépas consternants, et d'un deuil général,
En foudroyant sur eux le plus beau diadème,
Les a tous couronnés d'un cadavre royal!

On dirait que Satan dans sa rage infernale,
Pour broyer Dieu vaincu sur le *chemin de fer*,
En brisant dans ses mains la majesté royale,
Voulait jouer aux cieux le drame de l'enfer...
Mais, non, non, c'était Dieu qui, par ce grand désastre,
Foudroyait pour jamais cet esprit ténébreux,
En faisant de la foi luire le divin astre
Qu'avait éteint Satan en nous rendant heureux!

Le Martyre des Rois.

Quoi ! ce superbe char où la plus belle vie
Triomphante à l'instant se berce sans effroi,
N'était qu'un corbillard d'où la reine patrie
Devait briser son front avec celui d'un Roi !
N'était qu'un corbillard couvert d'un drap livide,
Où, pour recevoir *seul* des adieux éternels,
Deux coursiers emportés par un mors régicide,
Apportaient un cadavre aux baisers paternels ! ! !

J'ai vu, j'ai vu, rempli de stupeur et d'alarmes,
J'ai vu passer, mon Dieu ! le cortége royal,
Lorsque pour recevoir une aumôme de larmes,
Il quittait ce cher fils pour la première fois ;
A l'aspect déchirant de ces noirs équipages,
Autour desquels flottaient tous les crêpes de deuil,
Ah ! j'ai cru voir, mon Dieu ! six royaux sarcophages,
Que la mort conduisait dans un vaste cercueil.

J'ai vu bientôt après dans ces palais splendides,
Où naguère trônaient la joie et le bonheur,
Et qu'hélas aujourd'hui sous un fer régicide
Fait ployer tout entier sans pitié le malheur,
J'ai vu les Rois couverts de longs crêpes funèbres,
Devant qui des mortels que les pleurs oppressaient,
Comme des revenants au milieu des ténèbres,
Tout pâles et muets, en s'inclinant passaient.

O monarque puissant du plus brillant empire,
Que vous avez orné de toutes les splendeurs,
Et contre qui l'enfer à chaque instant conspire,
Mais sans pouvoir du ciel atteindre les hauteurs,
O voilà donc, hélas! l'héritier magnanime
Qu'éclairait votre esprit de son royal flambeau!
En montant les degrés de ce trône sublime,
Il glisse, et pour jamais il descend au tombeau!

O Reine infortunée! ô trop sensible mère!
Ah! les coups forcenés de nos haines sans frein,
A vos lèvres, *sans fiel!* offrant la coupe amère,
N'avaient donc point assez poignardé votre sein!
Ainsi que l'adorable et céleste Marie,
Dont vous portez si bien et le nom et le cœur,
Il vous fallait encor pour épuiser la lie,
Voir mourir votre fils sur le lit de douleur!

O frères généreux, que dans l'art de la guerre
Ce prince dirigea par ses exploits brillants,
Et qui, suivant toujours sa brillante carrière,
Brûlez du même amour et des mêmes élans,
Pleurez, car vous perdez l'ami le plus fidèle
Dont on puisse goûter les ineffables lois,
Pleurez, car vous perdez le plus parfait modèle
Pour vous enseigner l'art de vivre en fils des Rois.

Son amabilité, son heureux caractère,
Son précoce génie et ses nobles vertus,
Déployés au collége ainsi qu'au champ de guerre :
Tout nous le présentait comme un nouveau Cyrus ;
Simple, laborieux dès sa tendre jeunesse,
Son cœur sut mépriser le faste et le repos ;
Et la gloire l'eût vu jusque dans sa vieillesse
Le plus sage des rois, le plus grand des héros !

O tristes orphelins du plus aimant des pères,
A qui l'âge, aujourd'hui, dérobe la douleur ;
Quels regrets déchirants, quelles craintes amères,
Va vous causer bientôt le plus affreux malheur !
Et toi surtout, et toi, jeune héritier du trône,
De combien de périls, de quel pesant fardeau,
Ce père infortuné que le ciel découronne,
Couvre ton noble front, en entrant au tombeau !

O sublime princesse ! ô vertueuse femme,
Dont presqu'hier l'hymen par les plus chastes nœuds,
En l'âme de ce prince avait confondu l'âme,
Voilà donc quel *bonheur* vient couronner vos feux !
Avec ce prince un jour vous deviez être reine,
Couronnée à la fois par la gloire et l'amour !
Et le plus tendre époux, la grandeur souveraine,
Tout, tout vous est ravi dans cet horrible jour !

O quel sombre pinceau retrempé dans les larmes
Pourrait peindre, mon Dieu! le trait empoisonneur,
Qu'en apprenant la mort qui remplit tout d'alarmes,
Vont recevoir bientôt votre âme et votre cœur!
Qui pourrait exprimer votre douleur sanglante,
Lorsqu'en vous présentant dans Paris tout en deuil,
Loin d'embrasser, hélas! votre idole vivante,
Vous n'embrasserez plus qu'un cadavre au cercueil!

Il n'est plus! et des sœurs, des frères, une femme,
Deux enfants orphelins qu'il ne reverra pas,
En ignorant le coup qui va briser leur âme,
S'amusent, ô mon Dieu! pendant son noir trépas!
Des mortels atterrés par ce noir ministère,
En assassins forcés sont dépêchés soudain,
Pour aller avertir frères et sœurs, et mère,
Et leur plonger à tous le poignard dans le sein!

Voyez-vous de Nemours au milieu de ces braves,
Dont tout l'élan soudain demeure consterné,
En regardant des traits de la douleur esclaves,
Demander si son Roi vient d'être assassiné?
Puis, apprenant un sort également terrible,
Rester pâle et tremblant, tel qu'un spectre effrayant,
Comme si le tonnerre en un éclat horrible,
L'avait pétrifié sous un coup foudroyant.

Ah! quel trait déchirant pour ton âme héroïque,
Jeune marin à qui, comme au temps des faux dieux,
Le sort a confié l'empire océanique,
Pour qu'on vît rayonner notre gloire en tous lieux;
Quel coup pour ton grand cœur, quand de ces mers profondes
Qui roulent à longs flots ton nom tout immortel,
Regardant vers la France aux gloires si fécondes,
Tu verras par la nuit qu'un dieu manque à son ciel !

Voyez-vous, ô mon Dieu! voyez-vous vers Plombières,
Cette épouse, riant, prônant son heureux sort!
Comme si du soleil s'éclipsaient les lumières,
Tomber au coup fatal dans les bras de la mort;
Et puis se relevant dans un sombre délire,
Crier : Il n'est pas mort… Non, non, cela n'est pas,
Non, de ce digne époux le cœur que je respire
Ne m'est point arraché par l'éternel trépas !

De ses lugubres maux à la fin trop certaine,
Avec son triste frère et sa royale sœur,
Qui cherchent à calmer sa douleur souveraine,
Quand eux-mêmes ils sont brisés par le malheur,
Elle s'élance auprès de sa famille auguste,
Qui dans chaque retour de ces tristes enfants,
Prométhée innocent d'une royauté juste,
Va sentir le vautour lui déchirer les flancs.

O mon Dieu! retenez les larmes qui m'oppressent,
Au déchirant aspect du plus touchant tableau...
Mais non, les battements qui dans mon cœur se pressnt,
De mes doigts défaillants font tomber le pinceau;
Non, je ne puis tracer le lugubre spectacle
D'une mère embrassant le cercueil d'un époux
Qu'elle interroge, hélas! comme un divin oracle,
Et devant qui, tremblante, elle tombe à genoux!!!

Ah! pardonnez, lecteurs, à mon désordre extrême;
Mon esprit est brisé par ces coups déchirants,
Et toutes les douleurs de ce drame suprême,
De mes sens égarés jaillissent par torrents;
J'écris avec mon cœur, j'écris avec mon âme,
Sans chercher de vains mots un inutile choix;
En cris désordonnés jaillit la sainte flamme,
Devant l'humanité mourante sur la croix!

Ce n'étaient plus des rois, ce n'étaient plus des reines,
Que l'on voyait en pleurs dans ce réduit étroit;
Non, c'étaient les sujets des douleurs souveraines,
A qui le mendiant aumônait quelque droit;
Ce n'étaient plus des rois, mais bien l'humble misère
Sur qui la mort jetait tous les crêpes de deuil,
Ce n'étaient plus des rois, mais un père, une mère
Qui mouraient de la mort de leur fils au cercueil!

Ce n'étaient plus des rois, des princesses, des princes :
Sur un cadavre froid qui glace de terreur,
Pendant qu'il les tordait sous ses brûlantes pinces,
Tremblants, ils abdiquaient en faveur du malheur,
Et pour remercîment d'un empire de larmes,
Ce démon triomphant qui, plus puissant que Dieu,
Foudroyait dans ses mains leurs plus superbes charmes,
Ne leur fait pas peut-être un éternel adieu !

La force et la grandeur d'âme du Roi.

Mais je me trompe... Non, l'adversité profonde
N'avait point abattu, ni contraint d'abdiquer,
Ce Roi qui, s'inscrivant contre sa loi féconde,
Mille fois pour nous tous la lui fit révoquer;
Oui, nous avons vu tous, ainsi que Dieu lui-même,
Pour sauver tout un monde, à la mort de son fils,
Ce Roi divinisant la majesté suprême,
Terrasser le trépas mourant sous ses défis !

Mais je me trompe, non, la terrestre nature
N'avait point abattu tout l'élément divin
De ces esprits choisis à trempe forte et pure,
Que ne peut sur leur trône atteindre le destin ;
Si nous avons tous vu l'humble et le digne père
Succomber un instant au coup le plus mortel,
Et devant un cercueil se courber vers la terre,
Nous avons toujours vu le roi planer au ciel.

Si les fronts couronnés du sacré diadème
Doivent être ici-bas par leurs faits souverains
Les vrais représentants du monarque suprème,
Non, jamais rois n'ont mieux accompli leurs destins !
Oui, par tous vos exploits, par vos bienfaits sublimes,
Par vos malheurs soufferts sans murmure et sans fiel,
Par vos nobles pardons offerts à tous nos crimes,
Vous élevez la terre à la hauteur du ciel.

Sur le bruit répandu comme un long coup de foudre
D'une mort à laquelle on ne peut croire encor ;
Comme si tout entier il allait se dissoudre,
L'univers consterné demeure sans essor.
La France est transformée en un grand cimetière
Où, cadavres vivants, pleurent tous les Français,
Et les rois de l'Europe et de la terre entière,
De longs crêpes de deuil voilent tous leurs palais.

J'ai vu, j'ai vu, mon Dieu, tous ces palais superbes
Où douze heures avant ce désastre effrayant
Les flambeaux rayonnaient en lumineuses gerbes,
Où tout nous présentait l'aspect le plus riant ;
Oui, je les ai tous vus, et mon âme en succombe,
Couverts de voiles noirs flottants comme un remords,
Et transformés, hélas ! en une immense tombe
Où règne dès ce jour le silence des morts.

Une sainte douleur pourtant, ô grande Reine !
Vous reste dans ce jour des plus poignants chagrins :
Votre amour catholique et votre foi chrétienne
Ont vu ce fils béni par les honneurs divins.
Oui, de ce prince mort l'âme toute vivante,
En nous faisant à tous de solennels adieux,
De ce corps qui pleurait s'échappant souriante,
Allait trôner sans fin dans l'empire des cieux.

Pleurez ! pleurez !

Que faites-vous, hélas ! cités infortunées,
Pourquoi ces airs joyeux, ces apprêts enchanteurs
Pour ce prince *jadis* aux grandes destinées,
Pourquoi ces appareils, ces guirlandes de fleurs...
Des plus sombres douleurs que votre cœur se navre,
Déchirez, détruisez ce riant appareil,
Vous n'allez recevoir que le royal cadavre ;
Pour jamais dans la nuit s'est éteint le soleil.

Prenez, braves soldats, dont ce chef et ce frère
A guidé tant de fois les triomphants drapeaux,
Prenez dans tous vos cœurs, comme la France entière,
Prenez, prenez le deuil pour le jeune héros
Qui, si jamais chez nous la guerre européenne
Eût un jour excité nos bataillons guerriers,
Guidant de leurs transports la force herculéenne,
Vous eût fait couronner de moissons de lauriers.

O pleure! tendre mère, ô France malheureuse!
A ta sainte couronne, au si riche ornement,
Pour frapper à jamais ton âme généreuse,
La mort vient d'arracher le plus beau diamant.
Oui, oui, suspends partout les spectacles, les fêtes,
Puisque de tout ton jour s'est éteint le flambeau;
Oui, puisque ce malheur frappe toutes les têtes,
Que ton sein ne soit plus qu'un immense tombeau!

Faites pleurer partout et le marbre et les toiles,
Artistes, que cent fois dans de nobles transports,
Mettant à vos vaisseaux et des mâts et des voiles,
Ce prince fit voguer triomphants vers les ports;
Faites pleurer les vers, ainsi que la parole.
Poëtes, orateurs, dont il soutint l'ardeur,
Et sans crainte jamais d'atteindre l'hyperbole,
Elevez jusqu'aux cieux l'illustre protecteur.

Saisissez, saisissez votre lyre divine
Pour dignement chanter les plus hautes vertus,
Delavigne, Hugo, Soumet, de Lamartine,
Venez déifier le nouveau Marcellus;
Saisissez vos pinceaux, vos ciseaux, vos palettes,
Artistes d'un génie au souffle suppléant,
Par des tableaux parlants dans leurs formes muettes
Ranimez à nos yeux cet immortel néant.

Et vous, êtres divins, lorsque de chastes flammes
Font palpiter vos cœurs dont le nôtre est rempli,
Qui, comme son Hélène, avez de saintes âmes,
Jeunes mères, pleurez cet époux accompli ;
Pleurez, pleurez surtout sa malheureuse Hélène,
Sa noble épouse en deuil au cœur tant déchiré ;
Pleurez votre modèle et votre auguste reine,
Veuve, hélas ! à vingt ans d'un époux adoré !

Guidés par ce héros, par ce nouveau Moïse,
Après avoir brisé l'orgueil des Pharaons,
Nous devions arriver à la terre promise
Où le bonheur devait couronner tous les fronts,
Et quand par ses bienfaits, ses vertus héroïques,
Il a fait triompher le peuple d'Israël,
Sur Nébo, d'où son œil voit les terres bibliques,
Plein de vie en son Dieu il expire immortel !

L'Hymne patriotique.

Ne craignez rien pourtant, nobles Israélites ;
De dignes successeurs, de nouveaux *Josués*,
De saintes *Déboras* aux royales élites,
Sauront vous diriger vers les lieux salués ;
Votre Roi, soutenu par de dignes ministres,
Saura toujours guider votre sublime élan,
Et de nos ennemis brisant les lois sinistres,
Nous parviendrons enfin aux terres de Canaan.

Reconnaissant leur dette inscrite dans l'histoire,
Non, France, non, jamais tes enfants généreux
Ne feront lâchement banqueroute à la gloire,
Et ne lègueront point la honte à leurs neveux.
Ils sauront, pour payer entièrement leurs dettes,
Si jamais t'attaquaient les peuples et les rois,
Sur tes comptoirs guerriers jeter toutes leurs têtes
Que nous ferions tomber sous le glaive et les lois.

Guidés par quatre chefs, par tes princes sublimes,
Dont la gloire a bercé l'enfance en des canons,
Pour pouvoir contenir tes héros magnanimes
Tes fils érigeraient partout des panthéons ;
Et si dans les vieux temps, la fable ensevelie,
De mille dieux menteurs faisait peupler les cieux,
Nos fers enfanteraient une mythologie
Où la postérité trouverait de vrais dieux.

Contre les boulevards de ta toute-puissance
Que peuvent tous les rois de ce vaste univers,
Lorsque réunissant leurs cœurs et leur vaillance,
Tous tes dignes enfants viennent brandir leurs fers !
Grondant, lorsque se tait ton foudroyant tonnerre,
Si ton courroux le fait noblement résonner,
Rampants en t'implorant, comme des vers, sous terre
Soudain on les voit tous rentrer et frissonner.

La Plainte.

Mourir, quand le front ceint du sacré diadème
Et reflétant partout les plus brillants rayons,
Tu pouvais par l'éclat de ta gloire suprème
Voir s'éclipser les rois des grandes nations;
Mourir, lorsque monté sur des pavois sublimes,
Tu pouvais comme un dieu, par des faits tout-puissants,
Voir les peuples heureux, et sortant des abîmes
T'enivrer à longs flots de respects et d'encens !

Mourir, lorsque, vêtu de la pourpre éclatante,
Par tes vastes bienfaits répandus chaque jour,
Tu devais voir la France et riche et triomphante
Dans des patères d'or te verser son amour !
Mourir, quand tu pouvais par tes vertus guerrières
Dépasser les Césars et les Napoléons,
Et voir ta gloire inscrite en sacrés caractères
Sur les frontons dorés de tous nos panthéons !

Mourir à trente-un ans, quand toute l'existence
Vient verser dans ton cœur ses nobles voluptés,
Quand l'amitié, l'amour, la grandeur, la puissance,
T'attachaient à la vie avec des nœuds dorés !
Mourir, quand de tous biens ta grande âme s'enivre
Au sein de l'amitié, des transports les plus doux !
Mourir, mourir, quand tout devait te faire vivre
Pour les tiens et pour toi, pour la France et pour nous!

Mourir à trente-un ans par le plus noir désastre,
Quand de la royauté tu rêvais l'appareil,
Lorsque tout rayonnant comme un lumineux astre,
Dans son plus beau midi s'avançait ton soleil !
Mourir, lorsque déjà partout s'ouvre l'histoire
Pour léguer ton grand nom à la postérité;
Mourir, voir en ses mains briser toute sa gloire,
Et se voir arracher son immortalité !

Mourir seul, sans combat, sans un champ de bataille,
Lorsqu'un souffle héroïque agite tes poumons,
Lorsque affrontant vingt fois la mortelle mitraille
Ta poitrine s'ouvrait aux boulets des canons !
Mourir sans un péril qui hausse ta fortune,
Comme un aigle qu'un plomb atteindrait dans son vol,
Mourir, mourir, mon Dieu, d'une mort si commune
Que le vers ne peut pas la relever du sol !

Quel fatal changement ! quoi ! ce soleil splendide,
Ce soleil de juillet qui te baptisa roi
Devait donc, complétant son éclipse homicide,
Se cacher tout entier de ton deuil plein d'effroi,
Devait donc, de ses ans parcourant le treizième,
A son treizième jour, pour briser leur essor,
Rejeter au vingt-sept, vingt-huit et vingt-neuvième,
Toujours le nombre treize et treize et treize encor!

La Consolation.

Que ton âme pourtant dans les cieux se console;
Sur le haut souvenir qu'elle laisse ici-bas,
Toujours rayonnera ta brillante auréole,
Les vertus, les hauts faits chez nous ne meurent pas;
Ton nom sera gravé dans tous les cœurs des braves
Et dans les camps d'Afrique et sur les tours d'Anvers,
Dans tous les cœurs pour qui, brisant toutes entraves,
Et ta bourse et ton cœur furent toujours ouverts.

Ah! la France t'a vu versant des pleurs de mère,
O fils trop malheureux dont la mort aujourd'hui
Couvre son triste front d'un linceul funéraire,
Lui prêter constamment un filial appui,
Et par les hauts exploits de ta vaillante épée,
Que ton bras tant de fois tira pour son honneur,
Nous léguer des sujets de *divine épopée*,
Dont nul vers ne saurait atteindre la hauteur.

Et nous t'avons tous vu, quand vint dix-huit cent trente,
A peine à tes vingt ans valeureux colonel,
Affrontant sans pâlir la mitraille tonnante,
Donner aux trois soleils un rayon immortel.
Car nous t'avons tous vu, d'un élan magnanime,
Dans les murs de Lyon accourir promptement,
Et chassant par l'amour la fureur qui l'opprime,
Mériter ses honneurs, son noble dévouement.

2

Et lorsque dans Paris, ce monstre asiatique,
L'infernal choléra moissonnait jeune et vieux,
Pour arrêter le cours de la stupeur publique,
L'on te vit noblement t'élancer en tous lieux,
Et par ton noble aspect, ta bourse, ta parole,
Ramenant l'espérance au cœur des moribonds,
Les sauver d'une mort qui frappe à tour de rôle,
Et mériter par là leurs bénédictions.

Oui, la France t'a vu, dans un orgueil splendide,
Illustrer sa grandeur par des faits éclatants,
Qui t'avaient mérité l'honneur du régicide,
Et t'avaient déjà fait vieux guerrier à vingt ans ;
Par des faits qui partout faisant vibrer les âmes,
Viennent leur arracher des bravos chaque jour,
Et qui forcent la gloire à couronner de flammes
Des fils qu'avant le temps fait naître son amour.

Oui, oui, console-toi, vois, vois s'ouvrir l'histoire
Que la mort fait parler avant le coup mortel,
Trop peu vivant pour nous, c'est assez pour la gloire,
Et souvent l'on vit trop pour se rendre immortel.
Oui, partout de nos cœurs le sacré télégraphe,
A tous les rois à qui les peuples sont soumis,
Répétera sans fin cette unique épitaphe :
Ci gît un prince-roi qui n'eut point d'ennemis.

Oui, vous vivrez toujours, ô héros magnanime!
Dans les fastes sacrés de la postérité,
Oui, par vos hauts exploits, votre vertu sublime,
Vous aurez parmi nous votre immortalité ;
Et si les faits sanglants des gloires héroïques
S'effacent de nos arcs dont les temps sont vainqueurs,
Les généreux bienfaits et les vertus civiques
Ne s'effacent jamais des panthéons des cœurs.

Oui, oui, console-toi ; pour consacrer ta gloire,
Tu nous laisses des fils qui par mille hauts faits
Sauront graver leur nom et le tien dans l'histoire,
Car le sang des lions ne se trahit jamais.
Ils grandiront toujours sous la tutelle aimante
De ces frères brûlants des élans paternels,
De ces mères en pleurs, de cette illustre tante,
Digne et puissant reflet des rayons fraternels.

Et pourquoi vivre encor sur cette impure terre,
Et traîner des grandeurs le superbe néant !
Vois cette jeune reine au trône d'Angleterre,
Assaillie en tous lieux par le crime béant.
Dans ces temps de forfaits, d'infâmes parricides,
Le malheur vient frapper tous les rois vertueux :
Et pour les poignarder de ses traits régicides,
Il monte sur le trône et gouverne avec eux.

Appel à la Concorde.

Ah! devant ces malheurs, ces tortures humaines,
Que le ciel à longs flots fait tomber sur nos fronts,
Doivent finir, Français, nos fureurs et nos haines
Qui creusent sous nos pas des abîmes profonds;
Ah! devant des malheurs, des désastres si tristes,
Il n'est plus de partis, plus de républicains,
Plus de conservateurs, plus de légitimistes,
Il n'est que des Français, des frères, des chrétiens.

Assez, assez nos fers tournés sur nos poitrines,
De notre propre sang ont rougi les cités,
Assez, assez, hélas! nos fureurs intestines,
Ont fatigué cent fois nos bras épouvantés!
O fils dégénérés d'une patrie en larmes,
Et qui voile son front à nos tristes convois,
Dans son sein maternel ne plongeons plus nos armes,
Et ne détruisons plus son honneur et ses lois.

Ah! mon cœur attendri par le coup qui l'épure,
Secouant désormais la haine sans retour,
Voudrait contre son sein étreignant la nature,
Emplir le monde entier de son immense amour;
Oui, si chacun brûlait du transport qui m'enflamme,
Tous les hommes unis sous le royal linceul,
Par les os et la chair, par le cœur et par l'âme,
Et partout et toujours n'en formeraient qu'un seul.

Entends, méchant, crier cette famille auguste :
« En jurant par l'enfer ta haine me maudit,
Eh bien ! pour me venger de ta colère injuste,
En priant par le ciel mon amour te bénit ! »
Ah ! changeons notre enfer en céleste patrie,
En embrasant nos cœurs du plus sublime feu,
Et du sein de la mort faisant jaillir la vie,
Si l'homme est un démon sachons en faire un Dieu !

Quoi ! lorsque le tocsin brise toutes les cloches,
Quoi ! quand la mort partout vient sonner le réveil,
Et de la fin des temps annoncer les approches,
Resterons-nous encor plongés dans le sommeil !
Ah ! dans ces longs malheurs, ces sombres catastrophes,
Enfantés tour à tour par tous les éléments,
Reconnaissez enfin, mécréants philosophes,
Reconnaissez d'un Dieu les sacrés jugements.

Venez, représentants de la France éplorée,
De la perte d'un fils consoler son amour.
Venez en discutant sur sa tombe sacrée,
Au congrès de la mort vous unir en ce jour.
Ah ! puisque sa bonté, sur cette ingrate terre,
Vient semer la discorde et la division,
Que le courroux du ciel, à longs coups de tonnerre,
Vienne sceller enfin notre sainte union.

2

Entendez, entendez, son âme qui vous crie :
« Par la voix de la mort qui me frappe en ce jour,
Pour le premier congrès votre reine patrie
A la communion appelle votre amour ;
Ah ! ne soyez pas sourd à sa voix maternelle,
Dans ses bras tout meurtris qu'elle ouvre à ses enfants,
Pour rendre à tous les miens ma perte moins cruelle,
Venez sur mon cercueil vous unir triomphants.

» Ah ! brisant vos fureurs autour du plus beau trône,
D'où mon pied a glissé dans un tombeau sans fin,
Faites, faites aux rois une céleste aumône
Et de pleurs et d'amour dont leurs âmes ont faim ;
Consolez un vieillard, notre roi, notre père,
Ah ! consolez mes fils, mes frères et mes sœurs,
Ah ! consolez surtout une épouse, une mère,
Qu'à genoux devant vous ont courbés les malheurs ! »

La Séance royale.

Pendant que les apprêts de la funèbre fête
S'élaborent partout dans de hauts appareils,
Voyez nos députés, pâles, courbant la tête,
Accourir au plus noir de solennels conseils ;
Hélas ! qui leur eût dit qu'en ses tristes vengeances
La mort présiderait à leurs premiers travaux,
Et qu'ils commenceraient le cours de leurs séances.
Sur le plus sombre, hélas ! des plus sombres tombeaux !

Mais déjà du pays les dignes mandataires,
Dans les murs de Paris arrivent tout troublés,
Et les cœurs animés de projets salutaires,
Dans le temple des lois ils sont tous rassemblés,
Et brûlants du désir de défendre la France,
En défendant le trône, en ces temps solennels,
Ils jurent de former une sainte alliance,
Et se donnent soudain des baisers fraternels.

Le monarque et ses fils, émus jusqu'aux entrailles,
Dans des chars recouverts de crêpes sépulcraux,
Désertent ces palais qu'un deuil de funérailles
A depuis quinze jours transformés en tombeaux ;
Aux acclamations de la foule entassée,
Il arrive bientôt vers le palais Bourbon,
Où des représentants une élite empressée
Vient entourer le Roi de son noble rayon.

Il entre... entendez-vous, se réunissant toutes,
Les voix crier vingt fois, *vive, vive le Roi !*
Du palais tout entier faire trembler les voûtes,
En suivant de leurs cœurs la plus sublime loi ;
Voyez-vous le monarque ému jusques aux larmes,
Et dont le corps tremblant fait ployer les genoux,
S'incliner mille fois, bannir toutes alarmes...
Il monte sur le trône... il parle... écoutez tous :

« Dignes représentants de la reine patrie,
Le plus grand des malheurs vient de frapper nos cœurs;
Mon fils, le digne objet de notre idolâtrie!
Mon fils... mon héritier... n'est plus!... Ici les pleurs
Étouffent un instant la voix du tendre père...
Et puis, devant le roi le père se taisant :
Mon fils n'est plus, dit-il, d'une voix plus austère,
Et si je n'étais roi je mourrais à présent;

» Mais je suis votre roi, mais mon âme abattue,
Pour protéger la France et vous tous, mes enfants,
Saura se relever sous le coup qui la tue,
Et poursuivre le cours de ses devoirs pressants ;
Oui, par le noble appui de vos hautes lumières,
Mon corps et mon esprit pourront se soutenir ;
Et chez nous et devant les ligues étrangères,
Toujours de notre état grandira l'avenir.

» Si l'invincible mort, qui seule peut abattre
Ce cœur qui pour vous tous palpitera toujours,
Et pour l'honneur des lois saura toujours combattre,
Avant peu de sa faux venait trancher mes jours,
En attendant qu'au trône un petit-fils paraisse,
Parmi tous mes enfants vous trouverez des rois,
Qui sauront en son nom, quelque temps qui les presse,
Défendre la splendeur de la gloire et des lois. »

A ce discours empreint d'un saint patriotisme,
Et dont ma plume ici ne donne qu'un fragment,
A ce dernier accent du plus pur stoïcisme,
Que le grand Roi prononce avec recüeillement,
Dans un enthousiasme impossible à décrire,
Tous nos représentants dans l'admiration,
Redoublent les vivats portés jusqu'au délire,
Et bénissent le roi, Dieu de la nation.

La séance finit, la royale famille,
Qui subjugue les cœurs par son touchant aspect,
A quitté ce palais où toute grandeur brille,
En remplissant chacun d'amour et de respect;
Non, jamais assemblée aux jours les plus terribles
N'honora le malheur de plus de sainteté;
Non, jamais potentats, en des temps plus pénibles,
N'élevèrent si haut la souveraineté.

Les funérailles à Paris.

Cinq jours sont écoulés, le jour des funérailles
Du *prince-roi* couché dans son cercueil de plomb;
Le jour qui va briser le cœur et les entrailles,
Ce jour, ce sombre jour brille sur l'horizon!
Comme s'ils allaient tous s'enfermer dans les tombes,
Tous les peuples unis attirés à Paris,
Comme des revenants sortant des catacombes,
Avant le jour ont fui leurs funéraires lits.

Les troupes de toute arme et nos gardes civiques,
Que l'on voit accourir soudain de toutes parts,
Viennent se rassembler sur les places publiques ;
De longs crêpes de deuil flottent aux étendards.
Tout est échelonné sur les tristes passages
Où doit s'acheminer le convoi sépulcral.
Tous les ambassadeurs et les grands personnages
Se trouvent réunis près du cercueil royal.

Traîné par six coursiers à l'air sombre et sévère,
Et qu'un deuil tout doré fait ployer sous son poids,
Le char vient par la route où cheminait naguère
Le néant immortel du prisonnier des rois ;
Comme si ce chemin d'où cent siècles de gloires
Contemplent tous debout les grandes majestés,
Etait le grand sentier par lequel les victoires
Dirigent vers les cieux les immortalités.

Canons, tambours, clairons, cloches, buccins, trompettes,
Sonnez, sonnez partout les funèbres accords ;
Afin de célébrer la plus sainte des fêtes,
Réveillez en tous lieux les vivants et les morts ;
Pour payer nos tributs au plus noble génie,
Chantons, entonnons tous de sublimes concerts,
Et que de longs torrents d'encens et d'harmonie
En l'honneur du héros s'élèvent dans les airs

Mais à genoux, mortels, inclinons notre face,
Pour l'éternel tombeau sur son char triomphal,
De ce mortel néant l'immortalité passe,
Et jette un dernier jour de son lustre royal ;
Et pour veiller encore au salut de la France,
Sans craindre des poignards les coups audacieux,
Pour jamais revêtu de la toute-puissance,
Sur un trône divin il va régner aux cieux.

Ah ! quels chants surhumains pourraient jamais décrire
Nos magiques élans d'amour et de douleur !
Non, non, aucun poëte à l'immortelle lyre
Ne pourrait bien chanter ce deuil triomphateur ;
Vous seul, mon Dieu, vous seul qui savez bien comprendre
Ce fils que dans les cieux chantent vos anges saints,
Pouvez bien exprimer et bien nous faire entendre
L'effet que ce cercueil fit sur tous les humains.

Vous seul pouvez tracer notre extase subite,
Quand il se présenta devant l'arc triomphal,
Et que ce grand géant de gloire monolithe
Inclina la splendeur de son front sidéral,
Et que de tout son corps d'où jaillissaient des larmes,
Avec tous ses héros sortit Napoléon,
Pour offrir des lauriers et présenter les armes
Au héros qui devait éclipser leur grand nom.

Vous seul, mon Dieu, pouvez, en sacrés caractères,
Peindre ce qu'ont senti les âmes et les cœurs,
Lorsque ce char de deuil, éclatant de lumières,
Vint à passer devant ces monuments vainqueurs,
Où la France en dix ans a bâti plus de gloire
Que cent siècles unis dans les jours les plus beaux,
Quand jour et nuit nos fers guidés par la victoire
Jetaient peuple sur peuple et héros sur héros.

Oui, nous avons tous vu, comme des météores,
Sortir des demi-dieux de ces géants humains
Que la gloire faisait pleurer par tous les pores,
Car comme elle d'un père ils étaient orphelins.
Et nous avons tous vu, pour compléter sa gloire,
Sur son coursier de bronze, Henri le Désiré,
« Seul roi de qui le peuple ait gardé la mémoire, »
Pleurer un fils qui seul de tous sera pleuré.

La cérémonie.

Non, jamais plus sublime et plus triste spectacle
N'a frappé les regards des mortels réunis ;
Non, de nos saints autels les sacrés tabernacles
De plus nobles accents n'ont jamais retentis ;
Non, jamais plus de pleurs n'ont arrosé la terre,
A l'aspect imposant de ce cercueil d'honneur,
En qui chacun de nous pleure le fils, le père,
Le héros et le roi, l'ami, le protecteur.

Il entre dans le temple aux splendeurs sépulcrales,
Ainsi que les tombeaux des rois égyptiens,
Ministres, députés, grandeurs épiscopales,
Tout est là réuni, plein d'élans tout chrétiens.
Déjà dans des parfums d'encens et d'harmonie,
Dans le temple géant et tout rempli de feu,
Pour attirer du ciel la clémence infinie,
Le saint concert des cœurs chante un dernier adieu.

On eût dit qu'entouré des célestes phalanges,
Inondant l'infini de leurs divins concerts,
L'Éternel descendait sur l'aile des archanges
Pour sacrer de ses mains le roi de l'univers !
Et c'étaient des mortels qui, couverts de suaires,
Et dans des chants de mort sombres comme leurs cœurs,
Préparaient un cadavre aux royaux ossuaires,
Pour le jeter bientôt en proie aux vers rongeurs.

Que dis-je ! c'était vrai... par la main des pontifes,
Par nos funèbres chants pleins d'inspirations,
Oui, Dieu venait sacrer avec ses saints califes
Ce jeune roi, modèle offert aux nations ;
Voyez les potentats de toutes les puissances,
Prosternés devant vous et les larmes aux yeux,
Consacrer tous vos droits et vos pouvoirs immenses.
Roi, vous êtes béni ; roi, montez dans les cieux.

Dreux.

Il part, le voyez-vous, sur des pavois célestes,
S'avancer lentement vers la cité de Dreux,
A travers tous ces lieux muets devant ces restes,
Et recevoir partout des triomphes pompeux?
Voyez ces malheureux soulagés par sa bourse,
Accourant de partout et noyés dans les pleurs
Dont le prince savait si bien tarir la source,
Bénir, en s'inclinant, le roi des bienfaiteurs.

Le cortége royal entre dans les murs sombres
De la cité de Dreux, où des rois d'Orléans
Sur le trône des morts règnent les grandes ombres
Qui pleurèrent, hélas! cette ombre de trente ans;
Là, comme dans les murs de notre capitale,
Comme dans tous les coins des cités, des hameaux,
Dans un riche appareil de pompe sépulcrale
Tout chante, tout bénit, tout pleure le héros.

Dans le temple à la sombre et royale tenture
Il a déjà reçu tous les honneurs sacrés,
Et vers cette demeure où dort toute nature,
On porte en sanglotant les restes vénérés;
On entre dans ces lieux où le morne silence
Des cercueils des grands ducs et des rois ses aïeux,
Fait retentir dans l'âme une sainte éloquence,
Nous arrache à la terre et nous élève aux cieux.

C'est là qu'à tous les cœurs pleins d'une sainte extase
S'offrirent les derniers, les plus touchants tableaux :
Toujours illuminé de l'esprit qui l'embrase,
Soutenu par ses fils, ses sublimes flambeaux,
Le monarque, vaincu par son grand cœur de père,
Succombait en payant son éternel tribut,
Quand son fils, se dressant au sein du sanctuaire,
Vint lui montrer la France, et le Roi reparut.

L'Apothéose.

Soudain comme un soleil dans son apothéose,
Délaissant sa dépouille au royaume des morts,
Par le dôme entr'ouvert comme un ciel grandiose
L'âme de ce héros s'élance avec transports,
Inondant tous les cœurs, et son père, et ses frères,
D'une essence divine et de saintes grandeurs ;
Et puis l'on vit un ange éclatant de lumières
Ouvrir les saints parvis dans toutes leurs splendeurs.

Et cet ange c'était la princesse Marie,
Que Dieu, pour se parer des plus beaux diamants,
Ravit avec ce frère à cette terre impie,
Indigne de jouir de si purs ornements.
Oui, j'ai vu votre sœur que la gloire environne,
Grand héros, aux accords de tous les séraphins,
Poser sur votre front la plus belle couronne,
Et puis Dieu vous ouvrir tous ses palais divins.

Oui, nous avons tous vu le cortége des anges,
Brûler autour du saint et la myrrhe et l'encens,
Et pour bien célébrer les célestes louanges,
Remplir le ciel entier d'harmonieux accents.
Oui, dans des coupes d'or toutes éblouissantes,
Je vois les séraphins autour du saint pavois,
Lui verser l'ambroisie aux douceurs enivrantes,
Et que jamais ici n'ont savouré les rois.

O royale famille aux éphémères trônes,
Pour dissiper vos maux, regardez ces enfants,
Le front tout rayonnant d'immortelles couronnes,
Parmi les séraphins dominer triomphants.
Ah ! lorsque dans ses bras la mort vient vous étreindre
Et vous briser, hélas ! sur le lit de douleur ;
Voyez-les vous prier de cesser de les plaindre,
Quand ils goûtent sans fin le suprême bonheur.

Oh ! de ces saints parvis, de ces trônes célestes,
Priez, priez pour nous notre Roi, notre Dieu,
D'apaiser son courroux et nos haines funestes,
En embrasant nos cœurs de ses rayons de feu.
Priez-le d'écarter les fers des régicides
De ces augustes fronts nos pères et nos rois ;
Priez-le d'accorder à des fils parricides
L'amour de l'union, de l'honneur et des lois.

Priez-le de calmer les angoisses mortelles,
Des rois, que votre mort plonge aux gouffres profonds,
En faisant rayonner les flammes éternelles
Des célestes bandeaux qui couronnent vos fronts.
Puisqu'il faut qu'en ses bras la mort presse le monde,
Pour en faire sortir la discorde et l'orgueil,
Priez-le de verser sa lumière féconde
Pour nous faire embrasser sur le royal cercueil.

Priez-le d'éclairer ce siècle sans boussole,
En faisant de la foi luire le pur flambeau,
Et de nous couronner d'une riche auréole
En nous réunissant sur le royal tombeau;
Car c'est le doute, hélas! qui, chassant les croyances,
Vient briser les mortels sur la vague et les monts,
Gangrène tous leurs cœurs de lugubres vengeances,
Et de dieux qu'ils étaient en forme des démons.

L'union de la Terre et du Ciel.

Mais voyez-vous briller la céleste lumière?
Non, non, de l'Eternel le tonnerre irrité,
Dans l'abîme sans fin n'a point jeté la terre
Et maudit pour jamais la pauvre humanité.
Je vous vois, ô mon Dieu! du sein de votre empire
Accorder le pardon aux peuples consternés,
Et leur permettre à tous, dans un divin sourire,
De relever encor leurs fronts découronnés.

O filles de Sion ! prenez vos saintes harpes
En l'honneur du Très-Haut, touché de vos accents,
En ceignant vos bandeaux et vos riches écharpes,
Répandez en tous lieux et la myrrhe et l'encens ;
Chantez, peuples, chantez les célestes cantiques,
Tout rayonnant de gloire et couverts de lauriers ;
Pour contempler des saints les rayons magnifiques,
Levez jusques aux cieux, levez vos fronts altiers !

Ennemis acharnés pendant les jours prospères,
Les mortels dirigés par l'incrédulité,
Dans les jours malheureux ne sont plus que des frères
Elevant leurs pensers vers la Divinité.
Il faut, il faut qu'hélas ! la colère divine,
Foudroyant sans pitié les mortels trop heureux,
Vienne leur rappeler leur céleste origine
En les inondant tous d'un déluge de feux ! !

Les hommes ne sont plus que des frères, des anges,
Comme au jour où pour nous expira le Sauveur,
Entonnant vers les cieux d'éternelles louanges,
Oui, la terre a repris sa divine splendeur,
Oui, le bonheur de tous dans l'unité s'achève,
Tout l'univers accourt à la communion,
Aussi pur que son Dieu, le peuple-dieu se lève,
Et pour temple n'a plus qu'une vaste Sion.

Cessez, cessez, mortels, de répandre des larmes,
La mort du nouveau Christ nous unit désormais,
Bannissez, bannissez vos trop justes alarmes,
A rois nos attentats sont finis pour jamais.
Ce fils de notre amour par sa mort vous couronne;
Et reprenant sans fin son éclat radieux,
Pour s'asseoir avec lui sur un céleste trône,
Sous les coups du malheur la terre monte aux cieux.

Oui, oui, consolez-vous, famille vénérée,
Pour essuyer vos pleurs volent tous vos enfants ;
Le cœur toujours brûlant d'une flamme sacrée,
Ils sauront pour jamais vous rendre triomphants.
Voyez tous les pouvoirs d'un concert unanime
Respecter et bénir vos malheurs et vos lois ;
Oui, ce fils adoré, cet époux magnanime,
Unit par son trépas les peuples et les rois.

Oui, l'Éternel s'apaise aux sublimes prières
De nos deux anges, rois de l'empire divin,
Et que la sainte cour rayonnant de lumières,
D'amour et de respect, vient enivrer sans fin.
Oui, brisant pour jamais nos fureurs intestines,
Dieu vient nous animer de son souffle immortel;
Oui, nous inondant tous de ses splendeurs divines,
Dieu scelle l'union de la terre et du ciel.

NOTICES.

RÉSUMÉ HISTORIQUE.

Ferdinand-Philippe-Louis-Charles-Henri d'Orléans est né à Palerme le 3 septembre 1810. A sa naissance il reçut le titre de duc de Chartres, titre que portait le fils aîné de la famille.

Le duc d'Orléans a été élevé au collége de Henri IV, à Paris, où il a été l'élève le plus distingué et le meilleur camarade. Le collége a pris le deuil à sa mort ; c'est le plus bel éloge.

A l'âge de dix-huit ans il voyagea en Angleterre avec son père. A son retour, en 1829, il fut nommé colonel du 1er régiment de hussards, alors en garnison à Lunéville.

Lorsque éclata la révolution de 1830, il se montra zélé partisan du mouvement populaire. Le 3 août il fit son entrée à Paris à la tête de son régiment. A l'avénement de son auguste père au trône, il prit le titre de duc d'Orléans ; alors, comprenant sa haute position, il donna une nouvelle impulsion à son esprit ; il prit une part très-active aux travaux politiques de la Chambre des pairs, où sa naissance lui donnait le droit de siéger.

Le 11 avril 1831, MM. les ducs d'Orléans et de Nemours partirent pour aller défendre l'indépendance de la Belgique contre la Hollande; et après des prodiges de valeur ils firent peu de temps après leur entrée triomphale à Bruxelles pendant que l'armée hollandaise fuyait.

Ce fut lui qui contribua le plus à la pacification de Lyon, lors de son insurrection en 1832. Il disait aux Lyonnais : « Sincèrement dévoué à la révolution de juillet, aux institutions li-

3.

bérales dont elle a doté la France et à l'indépendance de notre patrie; résolu de les défendre au prix de mon sang, je trouverai, j'en suis certain, sympathie dans les cœurs des Lyonnais.»

En 1832, au siége de la citadelle d'Anvers, où il combattait avec le duc de Nemours, il sollicita du maréchal Gérard, sous les ordres duquel il commandait, l'honneur d'ouvrir la tranchée : il se conduisit avec un courage et un sang-froid admirables. « Soyez tranquilles, disait-il à des travailleurs qui paraissaient trembler pendant une pluie de balles, soyez tranquilles, enfants; les Hollandais tirent trop haut; voyez, dit-il en se dressant sur le parapet, je suis plus grand que vous, et leurs balles ne m'atteignent pas. »

Pendant la désolation du choléra en 1832, bravant cet horrible fléau, il parcourait, accompagné de M. Casimir Périer, les hôpitaux, surtout l'Hôtel-Dieu, pour donner des soins et des consolations aux malades, auxquels il tendait la main, qu'ils saisissaient avec avidité.

A cette même époque, il visita le Midi de la France, où il fut reçu avec enthousiasme.

Pendant l'insurrection d'avril, en 1834, le duc d'Orléans, accompagné de son frère le duc de Nemours, et de M. Thiers, alors ministre de l'intérieur, parcourut la rue Saint-Martin, et entendit plusieurs fois les balles siffler à ses oreilles sans montrer aucune émotion. En 1836, dans un voyage avec le duc de Nemours il fut reçu par toute l'Allemagne avec les plus grands honneurs.

Après avoir parcouru la Corse, où le souvenir de Napoléon fit battre plus d'une fois son jeune cœur de héros, il passa en Afrique, sous le commandement du maréchal Clausel, et il débarqua au port d'Alger le 10 novembre 1835. Il fut reçu avec le plus grand enthousiasme ; il fit son entrée sur un magnifique cheval qu'on lui avait préparé. Bientôt le duc d'Orléans eut l'occasion de se distinguer aux combats de l'Ahabrah et de Ghasouf contre les troupes d'Abd-el-Kader, ainsi que dans la rencontre qu'il fit avec le maréchal Clausel d'un nombreux détachement de cavaliers arabes, tandis qu'il n'avait avec lui qu'une cinquantaine de chasseurs. Pendant cette journée, où l'ennemi fut complétement battu, le duc d'Orléans reçut une blessure qui n'eut pas de suites fâcheuses. Peu de jours après ces faits mémorables, nos troupes firent leur entrée à Mascara.

A la retraite de Constantine, ainsi qu'aux Portes de Fer, il montra toujours le plus grand courage. En sortant des gorges des Portes de Fer, sur lesquelles on a gravé cette inscription : « Armée française 1839, » l'armée voulut offrir une palme au prince, qui l'accepta avec modestie. Cette palme est précieusement conservée par madame la duchesse d'Orléans. Le prince a écrit lui-même l'historique de cette campagne sous le titre de : *Journal de l'expédition de l'armée d'Afrique aux Portes de Fer, sous le commandement du maréchal Valée.* On remarque dans cet écrit toute la vigueur de pensée qui caractérisait l'esprit du duc d'Orléans, ainsi qu'une grande clarté et pureté de style.

En 1840, c'est-à-dire moins d'une année après la première expédition, le duc d'Orléans et son digne émule le duc d'Aumale se conduisirent d'une manière admirable au défilé de Mousaïa, ainsi qu'au col de Téniah. Le duc d'Orléans, au dire de tous les généraux, montra une parfaite connaissance de l'art militaire dans le plan qu'il proposa. Les plus grands et les plus justes témoignages d'admiration lui furent prodigués par toute l'armée, pour laquelle le duc montra toujours la plus haute sollicitude.

En 1837, le prince s'unit avec la jeune et belle duchesse de Mecklenbourg, qu'il avait vue l'année précédente à la cour de Berlin.

Le mariage fut célébré à Fontainebleau avec une pompe toute royale. De grandes largesses et d'abondantes aumônes furent faites par le prince à cette occasion. Quel beau jour ! quelle affreuse nuit maintenant ! Hier les roses, aujourd'hui les cyprès !

M. le duc d'Orléans, que la nature avait doué des dons physiques les plus séduisants, était, dans sa vie publique comme dans sa vie privée, doux, affable, bienveillant, spirituel et plein de dévouement. Il se prêtait avec esprit aux choses qui pouvaient blesser quelquefois l'amour-propre de personnages moins haut placés. Tout le monde sait que dans une visite qu'il faisait à M. Decamps, artiste qu'il avait pris sous sa protection, le portier ayant prié M. le duc d'Orléans de monter un habit à M. Decamps, le prince s'y prêta le plus volontiers du monde.

Il était avide d'instruction, et il ne laissait jamais échapper aucune occasion d'orner son esprit de quelque nouvelle connaissance. Il était d'une activité sans égale, et ses occupations se multipliaient à l'infini presque en même temps. Pour preuve de cette puissance d'esprit à embrasser mille choses à la fois, nous croyons devoir citer la lettre remarquable, et dont la Providence a bien fatalement renversé les projets, que le prince royal écrivait à M. le préfet de la Meurthe, la veille même de sa mort :

« L'aimable invitation que vous m'avez transmise au nom de » la ville de Nancy m'a mis dans l'embarras, mon cher pré- » fet ; mais je suis cependant arrivé à concilier mon désir de » répondre à cette politesse avec l'obligation de remplir mes » engagements militaires. Voici le seul arrangement possible » pour atteindre ce double but :

» Le 21 juillet, je traverserais Nancy, *sans m'y arrêter*, pour » arriver de bonne heure à Lunéville. J'inspecterais la division » de dragons le 22 et le 23 au matin. Le 23 juillet, entre deux » et trois heures, je reviendrais à Nancy, où la duchesse d'Or- » léans arriverait de son côté venant d'Épinal. Je passerais la » revue de la garde nationale et de la garnison ; je recevrais » ensuite les autorités ; je leur donnerais à dîner ; puis, le soir, » la duchesse d'Orléans et moi, nous irions au bal que la ville » veut bien nous donner. Le 24 au matin, nous repartirions » pour aller coucher à Phalsbourg, car le 25 dans la matinée » nous sommes attendus à Strasbourg, et je suis obligé de » faire voyager la duchesse à très-petites journées.

» Veuillez exprimer au maire et au conseil municipal de
» Nancy mon empressement à me rendre à leur invitation, et
» recevez, mon cher préfet, l'assurance de tous mes sentiments.
» Votre affectionné,

» FERDINAND-PHILIPPE D'ORLÉANS.

» Tuileries, le 12 juillet 1842.
» *P. S.* Veuillez prévenir officieusement le général Vilatte
» de ces changements. »

Le duc d'Orléans, dit le *Journal des Débats*, qui a consacré
de si nobles et de si touchants discours à la mémoire du prince,
mettait au service de sa destinée un esprit éminent, une âme
fortement trempée, une éloquence naturelle et entraînante,
un cœur ardent et bon, une intelligence incessamment cultivée
et agrandie par l'étude, le plus merveilleux et le plus infati-
gable développement des facultés qui font les grands rois.

Ces paroles semblent être l'expression de l'opinion de M. le
docteur Duval, le premier appelé à donner des soins au
prince : il disait qu'il avait vu peu de têtes aussi heureusement
constituées que celle du prince, et constatait qu'il avait les organes de la vénération, de la volonté, de la bienveillance, de
l'esprit de justice, du courage, de l'espérance, peu d'amour-
propre, point de vanité, pas de mauvais penchants ; il ajoutait
que les deux qualités dominantes étaient la *bienveillance* et
la volonté.

Voici comment s'exprime, sur la vie privée du prince,
M. Jules Janin, qui voudra bien sans doute nous pardonner ce
petit larcin, dans un admirable article biographique et historique inséré au feuilleton du *Journal des Débats* du
18 juillet :

« Quant aux parties de sa vie privée et pacifique, elles sont
charmantes. Le prince royal était un noble jeune homme
qui avait en lui-même le germe heureux des plus douces,
des plus honnêtes et des plus élégantes passions. Un vif sentiment de l'art, de la beauté, de la forme, s'était développé

en lui de fort bonne heure ; il avait tous les goûts savants de l'antiquaire ; il aimait toutes les recherches ingénieuses des beaux-arts ; il marchait, par son goût et son instinct, un peu en avant de tous les artistes, ces heureux passionnés de la forme et de la couleur. Jeune homme, il était pour tout ce qui était jeune ; prince royal, il prenait parti pour tous les persécutés. Il aimait les hardis lutteurs, les novateurs dans tous les genres, les chercheurs de nouveaux mondes, et il les soutenait de toutes ses forces. Son appartement des Tuileries était un véritable musée où brillaient surtout les artistes méconnus, ceux dont la foule ne veut pas, ceux que les bourgeois dédaignent, ces nouveaux arrivés dans la carrière, ces révolutionnaires de la forme et de la couleur. Dites-nous un nom autour duquel se sont livrées des batailles, et vous trouverez que ce nom-là a été parmi les noms protégés du duc d'Orléans. Il a été le soutien d'Aimé Chenavard, à qui il a confié le célèbre surtout de table dont Barye a fait les figures. Il a été le protecteur d'Antonin Moine, le patron d'Ary Scheffer : Jules Dupré et Louis Cabat, encore à cette heure, sont à lui composer quelque beau petit paysage sous un beau coin du ciel. Quand la ville de Paris était en quête d'un artiste pour exécuter l'épée du comte de Paris, le prince royal désigna pour ce difficile et pieux travail un artiste dont peu de gens savaient le nom, et l'épée du comte de Paris fut confiée à Klagmann ! Que ne lui doit pas un des artistes les plus violemment contestés de nos jours, Eugène Delacroix ? Vous savez tous les tumultes qui se sont élevés autour des tableaux d'Eugène Delacroix : c'étaient des cris, c'étaient des rages, c'étaient des exclamations à ne pas s'entendre. L'Institut même prit parti plus d'une fois contre l'artiste attaqué de toutes parts. Au milieu de la dispute arrivait M. le duc d'Orléans, et soudain il passait à l'ennemi, comme disait l'Institut ; le tableau accusé, il l'achetait, et il le mettait à la plus belle place de sa maison ; la toile chassée du Louvre était exposée chez le prince royal. Ainsi il a fait pour Barye, ainsi il a fait pour

Gigoux, ainsi il a fait pour Antonin Moine. Que nous en avons vu, d'artistes au désespoir, tendre leurs mains désolées à M. le duc d'Orléans, et revenir consolés, encouragés, sauvés par lui! Il était en ceci le digne frère de ce grand artiste nommé Marie d'Orléans, un révolutionnaire de génie. Elle et lui ils s'entendaient à merveille à aimer, à défendre, à secourir les beaux-arts. Ils savaient, ces deux nobles esprits, ce qu'il faut de sympathie aux gens qui luttent; l'un et l'autre ils étaient pour les choses nouvelles, pour le mouvement, pour les esprits animés et impatients. En les perdant tous les deux, les artistes de nos jours ont perdu un grand maître dans la princesse Marie, un grand protecteur dans M. le duc d'Orléans. Perte d'autant plus grande, que madame la princesse royale partageait toutes ces belles et bonnes et heureuses passions du beau, du goût, de la poésie, des merveilles dans tous les arts de l'imagination et de la pensée. »

CIRCONSTANCES DE LA MORT.

« A midi, M. le duc d'Orléans devait partir pour Saint-Omer, où S. A. R. devait inspecter plusieurs des régiments désignés pour le corps d'armée d'opération sur la Marne. Ses équipages étaient commandés, ses officiers prêts. Tout se disposait au pavillon Marsan pour ce voyage, après lequel S. A. R. devait aller rejoindre Mme la duchesse d'Orléans aux eaux de Plombières.

» A onze heures, le Prince monta en voiture dans l'intention d'aller à Neuilly faire ses adieux au Roi, à la Reine et à la famille royale.

» La voiture qui conduisait le Prince était un cabriolet à quatre roues, en forme de calèche, attelé de deux chevaux à la Daumont. Cet équipage était celui dont S. A. R. se servait habituellement pour ses courses dans les environs de Paris. Le Prince était seul, n'ayant permis à aucun de ses officiers de l'accompagner.

» Arrivé à la hauteur de la porte Maillot, le cheval monté par le postillon s'effraya et prit le galop. Bientôt la voiture fut emportée dans la direction du chemin de la Révolte. Le Prince, voyant que le postillon était dans l'impossibilité de maîtriser ses chevaux, mit le pied sur le marchepied de la voiture, lequel est très-près de terre, et sauta sur la route, à peu près à moitié du chemin de l'avenue qui est perpendiculaire à la porte Maillot. Les deux pieds du Prince touchèrent le sol ; mais la force de l'impulsion le fit trébucher ; la tête porta sur le pavé, la chute fut horrible. S. A. R. resta sans connaissance à la place où elle était tombée.

» On accourut au secours du Prince, et on le transporta dans la maison d'un épicier, située sur la route, à quelques pas de là, vis-à-vis des écuries de lord Seymour. Pendant ce temps, le postillon s'était rendu maître des chevaux, et il revenait se mettre à la disposition du Prince.

» S. A. R. n'avait pas repris ses sens. Elle fut étendue sur un lit, dans une des salles du rez-de-chaussée, et on se mit en quête des premiers secours que réclamait la gravité de son état. Un médecin des environs accourut, et lui donna les premiers soins. Une saignée fut pratiquée. Elle ne produisit aucun bien.

» Cependant la nouvelle de cet accident avait été apportée à Neuilly. La Reine était partie à pied en toute hâte; le Roi l'avait suivie. S. M. avait dû aller à midi présider le conseil des ministres aux Tuileries. Ses voitures étaient prêtes ; elles rejoignirent LL. MM. qui, accompagnées de Mme la princesse Adélaïde et de Mme la princesse Clémentine, continuèrent leur route en voiture jusqu'à la maison où M. le duc d'Orléans avait été porté, et où il ne donnait plus aucun signe de vie. On se figure plus aisément qu'on ne le décrit l'émotion et la douleur de LL. MM. et de LL. AA. RR. en présence d'un pareil spectacle.

» Cependant M. le docteur Pasquier fils, premier chirurgien du Prince royal, venait d'arriver. En même temps, M. le duc d'Aumale, accouru de Courbevoie, et M. le duc de Montpensier de Vincennes, avaient rejoint leurs augustes parents.

» Le docteur, après avoir examiné l'état du blessé, avait déclaré que sa situation était des plus graves. On craignit un épanchement au cerveau, et tous les symptômes se réunissaient malheureusement pour donner crédit à cette appréhension redoutable. Chaque minute semblait empirer le mal. Le Prince n'avait pas repris un seul instant connaissance. Quelque mots, confusément prononcés en langue allemande, avaient seuls pu inspirer un espoir presque aussitôt évanoui que conçu.

» Le Roi avait fait prévenir les ministres rassemblés en conseil aux Tuileries, et qui s'étaient immédiatement rendus à Sablonville, dans la maison où S. A. R. se mourait. M. le maréchal duc de Dalmatie, président du conseil, M. le maréchal Gérard, MM. les ministres de la justice, des affaires étrangères, de l'intérieur, de la marine, des finances et de l'instruction publique étaient présents. M. le chancelier de France, M. le préfet de police, M. le lieutenant-général Pajol, M. le général Aupick, les officiers de la maison du Roi et les Princes étaient accourus et avaient été introduits dans l'espace laissé libre près de la maison, et entouré d'un cordon de sentinelles.

» A deux heures, le mal empirant, le Roi a donné l'ordre de faire prévenir Mme la duchesse de Nemours, qui était restée à Neuilly d'après le désir de S. M. La Princesse est arrivée quelques instants après, accompagnée de ses dames.

« Aucune plume de peut rendre l'aspect déchirant que présentait la chambre où le Prince royal avait été déposé, au moment où la duchesse de Nemours était venue confondre ses larmes avec celles de sa famille. La Reine et les Princesses étaient agenouillées auprès du lit du prince mourant, versant sur cette tête si chère des flots de larmes et de prières. Les princes sanglotaient. Le Roi debout, immobile, les yeux fixés sur le visage décoloré de son fils, suivait les progrès du mal dans un silence douloureux. Au dehors, la foule augmentait à chaque minute, éperdue et consternée. M. le curé de Neuilly et son clergé, prévenu par ordre du Roi, s'étaient immédiatement rendus à Sablonville.

» Cependant, sous l'influence d'une médication énergique, l'agonie du Prince se prolongeait. La vie se retirait, mais lentement, et non sans lutter contre la destruction qui allait emporter tant de jeunesse. Un moment la respiration parut plus libre ; le pouls devint sensible ; et comme les cœurs désolés se rattachent aux moindres espérances, on se reprit à espérer. Un instant de calme interrompit cette longue scène d'affliction. Mais cette lueur d'espoir disparut bientôt. A quatre heures le

Prince royal était en proie à tous les symptômes les moins équivoques d'une fin prochaine. A quatre heures et demie, il rendait son âme à Dieu, béni par la religion, qui avait assisté ses derniers moments, entre les bras du Roi son père, qui avait incliné ses lèvres sur ce front mourant, sous les larmes de sa mère infortunée, au milieu des sanglots et des cris de douleur de toute sa famille.

» Le Prince mort, le Roi avait entraîné la Reine dans une pièce contiguë à la chambre mortuaire, et où les ministres, les maréchaux et tous les assistants étaient rassemblés. On se précipite aux pieds de la Reine. « Quel malheur pour notre » famille! s'écrie S. M.; mais quel affreux malheur aussi pour » la France!»

» Et en prononçant ces mots, la Reine sanglotait. Autour d'elle, tout était en larmes, gémissements, désolation. Le Roi s'est approché du maréchal Gérard, qui fondait en larmes, et lui a serré la main avec un indicible expression de douleur paternelle, de résignation magnanime et de fermeté toute royale.

» Cependant la dépouille mortelle du Prince royal avait été placée sur une litière, recouverte d'un drap blanc. La Reine avait refusé de remonter dans sa voiture, et elle avait déclaré qu'elle accompagnerait le corps de son fils jusqu'à la chapelle du palais de Neuilly, où elle avait voulu qu'il fût exposé. En conséquence, on avait fait venir en toute hâte une compagnie d'élite du 17e régiment d'infanterie légère pour former la haie sur le passage du cortége funèbre, et c'est ainsi que ces braves, qui avaient accompagné le Prince royal dans le défilé des Portes de Fer et sur les hauteurs de Mouzaïa, servaient d'escorte à son convoi. Plusieurs soldats pleuraient. Tous se rappelaient avec quelle valeur brillante le Duc d'Orléans abordait l'ennemi, par quelle bienfaisance délicate et généreuse il savait tempérer la rigueur nécessaire du commandement.

» A cinq heures le lugubre cortége s'est mis en route. Le lieutenant-général Athalin marchait en avant de la litière, qui était portée par quatre sous-officiers. Derrière le corps suivaient à pied : le Roi, la Reine, Mme la princesse Adélaïde, Mme la duchesse de Nemours, Mme la princesse Clémentine, M. le duc d'Aumale, M. le duc de Montpensier. Venaient ensuite M. le maréchal Soult, les ministres, le maréchal Gérard, les officiers généraux, les officiers du Roi et des princes et toute la foule des assistants.

» Le convoi parcourut ainsi l'avenue de Sablonville, franchit la vieille route de Neuilly, et entra dans le parc royal, qu'il traversa dans toute sa longueur. Le Roi n'avait voulu céder à personne le droit de conduire ce premier deuil de son fils aîné. Il est ainsi arrivé, accompagné de la Reine, jusqu'à la chapelle du château, où LL. MM. et LL. AA. RR., après s'être agenouillées devant l'autel, ont laissé le corps de leur enfant bien-aimé sous la garde de Dieu !

» Le soir, la famille royale s'était retirée. Le chancelier et les ministres seuls ont été admis chez le Roi.

» A sept heures, M. Bertin de Veaux, officier d'ordonnance du Prince royal, et M. Chomel, premier médecin de S. A. R., sont partis pour Plombières, où Mme la duchesse d'Orléans devait passer une saison de bains. Au milieu des émotions déchirantes de cette journée funeste, le souvenir de cette princesse infortunée n'a pas cessé d'être présent à la pensée de sa famille d'adoption, et son nom se mêlait à toutes les larmes.

» A neuf heures, Mme la duchesse de Nemours et Mme la princesse Clémentine, accompagnées de Mme Angelet et de M. le lieutenant-général Rumigny, ont également pris la route de Plombières.

» LL. AA. RR. sont chargées de porter à la duchesse d'Orléans les lettres du Roi et de la Reine.

» A dix heures, M. le duc d'Aumale, accompagné de M. le comte de Montguyon, aide de camp du Prince royal, a été envoyé par le Roi au pavillon Marsan, où il a été procédé en sa présence à la mise des scellés sur les papiers de S. A. R.

» M. le commandant de Larue, officier d'ordonnance du Roi, est parti pour le château d'Eu, avec mission de ramener LL. AA. RR. le comte de Paris et le duc de Chartres, qui devaient passer la saison des bains de mer dans cette résidence.

» A onze heures du soir, M. le duc d'Aumale est revenu au château de Neuilly, où S. A. R. s'est établie avec le duc de Montpensier.

» Un courrier a été expédié à M. le duc de Nemours, et l'ordre a été envoyé à Toulon de diriger un bateau à vapeur vers les côtes de Sicile, où l'on suppose que l'escadre de l'amiral Hugon, dont fait partie M. le prince de Joinville, doit se trouver en ce moment.

» Telle a été la journée du 13 juillet ; elle comptera parmi les plus calamiteuses qui aient signalé ce règne déjà long, et où tant de cruelles épreuves se sont mêlées à tant de bienfaits.

» La mort de M. le duc d'Orléans remplira d'une amertume sans remède les dernières années, et puissent-elles être nombreuses! de ce Roi au noble cœur, qui a vu passer sur sa tête tant de périls de toutes sortes, et qui n'a jamais été sensible qu'à ceux de ses enfants. « *Encore, si c'était moi!* » disait le Roi en tenant dans ses bras le corps défaillant de son fils.

» La journée du 13 juillet ne laissera pas des traces moins profondes dans l'âme de cette Reine admirable, dont le premier cri, dans une si grande détresse de son cœur maternel, a été pour son pays ! « *Quel affreux malheur ponr la France !* »

Autre version :

« Le Prince royal était parti des Tuileries dans la voiture dont nous avons donné hier la description minutieuse, et il est si peu vrai que l'emportement des chevaux eût résulté du dérangement d'une caisse de l'avant-train, que cette voiture n'a aucune espèce de caisse de ce genre. L'avant-train était dans un état parfait de conservation, et la voiture avait été visitée le matin même, comme on prenait soin de le faire chaque fois que S. A. R. devait s'en servir. Les chevaux ne se sont vraisemblablement pas emportés tout à coup, comme cela aurait eu lieu à la suite d'un choc soudain. Mais voici ce qui est arrivé :

» M. le duc d'Orléans avait l'habitude, quand il revenait de Paris, de prendre l'avenue qui est perpendiculaire à la porte Maillot et qui est si tristement célèbre aujourd'hui. Le Prince suivait ordinairement cette route, parce qu'elle conduit plus directement à Villiers, où était la résidence de S. A. R. ; il entrait alors dans le grand parc de Neuilly par la grille qui fait face à cette avenue. Mais le 13 juillet, quand le Prince royal arriva de Paris, comme il se rendait chez le Roi, il devait se diriger par la route transversale qui va de la porte Maillot, en traversant Sablonville, jusqu'à la vieille route de Neuilly, et de là jusqu'à l'entrée d'honneur du parc.

» Cependant les chevaux, échauffés par une marche assez rapide depuis le départ des Tuileries, avaient commencé à s'animer outre mesure au moment où le Prince arrivait devant la porte Maillot. Déjà le postillon ne les maîtrisait plus qu'avec peine, quoique son porteur eût seul pris le galop, et naturellement, entre les deux routes, l'une perpendiculaire, l'autre diagonale, qui s'offraient à eux, ils prirent celle qu'ils avaient l'habitude de suivre, et, à ce moment, comme cela arrive souvent aux chevaux qui sentent les approches de leur écurie, leur vitesse augmenta. Le porteur donna même quelques ruades dans son palonnier. Attaché très-court, ainsi que c'est l'usage, particuliérement dans les attelages à la Daumont, le cheval se sentit gêné, et c'est alors qu'il s'emporta avec une rapidité qui entraîna le cheval sous-main, lequel était resté jusqu'alors fort tranquille.

» Le Prince cria au postillon : « Tu n'es plus maître de tes chevaux ? — Non, Monseigneur ; mais je les dirige encore. » Et en effet, il n'avait perdu ni les arçons ni les étriers ; il tenait vigoureusement les guides, et il pouvait espérer détourner ses chevaux, par la gauche, dans la vieille route de Neuilly, qui lui offrait la carrière. « Mais tu ne peux donc pas les retenir ? » cria de nouveau S. A. R., qui s'était levée debout dans sa voiture. — Non, Monseigneur. » Alors le prince, qui était fort agile et d'une adresse extraordinaire, se confiant dans la solidité et le peu d'élévation de son marchepied, sauta à pieds joints sur la route, et retomba violemment sur le pavé, poussé par la puissance d'impulsion qui, de la voiture, s'était communiquée à sa personne. Quelques secondes plus tard, les chevaux se calmaient, la voiture s'arrêtait, et nous avons dit que le postillon était revenu se mettre à la disposition du Prince, qu'il trouva étendu sans connaissance au milieu du chemin.

» Que conclure de ce récit ? Deux choses. Que le Prince prévit, et avec raison, que, si la course des chevaux continuait, il serait impossible de garantir la voiture d'un choc violent à l'approche des fossés et des amas de pierres qui obstruent en ce moment le chemin de la Révolte à l'entrée du parc de Neuilly. En second lieu, que S. A. R. ne vit aucun inconvénient sérieux à sauter à bas d'une voiture très-basse et dont le marchepied est tout près du sol ; ce que le Prince avait déjà essayé plusieurs fois, et avec succès, dans des circonstances à la vérité moins critiques. Telle est la vérité sur cet affreux incident. »

« Le corps a été embaumé. Cette opération a duré cinq heures.

» A cinq heures et demie, le général Athalin a fait inviter les officiers du Roi et des princes, qui se trouvaient en ce moment à Neuilly, à se rendre auprès du corps, afin de constater le dépôt de la royale dépouille dans le cercueil qui lui était destiné, et pour signer le procès-verbal qui devait être dressé par suite de ce dépôt.

» Tous les officiers du Roi et des princes, présents en ce moment au château, se sont immédiatement rendus à l'invitation du général.

» En leur présence, le corps, enveloppé de toile cirée, a été placé au fond d'un cercueil de plomb, revêtu de satin blanc le long de ses parois intérieures, avec un coussinet de même étoffe pour y poser la tête.

» Puis, on a placé sur le corps de S. A. R. son uniforme d'officier-général, son grand cordon, ses épaulettes, son épée et son képy d'Afrique. L'uniforme est neuf, car la Reine a voulu garder celui que le Prince portait au moment de sa chute.

» Ensuite, on a rempli avec de la ouate tous les vides du cercueil.

» Le procès-verbal de cette opération a été roulé et introduit dans une bouteille hermétiquement fermée, qui a été placée dans le cercueil.

» Puis le cercueil lui-même a été clos avec du plomb fondu et mis dans son enveloppe de bois de chêne, revêtue de velours noir à clous d'argent.

» Le cœur du Prince avait été renfermé dans une urne de plomb, scellée comme le cercueil.

» Puis le cercueil a été porté dans la chapelle, et placé sous le cénotaphe. »

« Le dimanche, 17 juillet, Mme la Duchesse d'Orléans arriva le matin, à neuf heures et demie, au palais de Neuilly. Le Roi et la Reine attendaient S. A. R. à la descente de voiture, en avant du vestibule du petit château, où les appartements de la Princesse avaient été préparés. Le Roi a reçu sa fille entre ses bras; la Reine l'a inondée de ses larmes. La Duchesse sanglotait... Mais comment raconter une scène qui n'a pas eu de témoins? Tout le monde s'était éloigné par respect pour ces premiers et augustes épanchements d'une si grande infortune.

» La nouvelle de la mort soudaine de M. le Duc d'Orléans était parvenue à Plombières dans la journée du jeudi 14. M. le duc de Nemours, avant de quitter Nancy, avait fait expédier à M. le lieutenant-général Baudrand une dépêche qui contenait ces mots : « Le duc d'Orléans est mort à Paris. »

» Quand le général reçut cette nouvelle, la Duchesse venait de rentrer d'une longue promenade, et elle se préparait pour le diner, auquel plusieurs personnes avaient été invitées. Le général courut chez le préfet et en revint bientôt avec une nouvelle dépêche, rédigée par eux pour la circonstance, et dans laquelle il était question non plus de la mort, mais d'une maladie grave du Prince royal.

» La princesse reçut avec une émotion douloureuse cette première et prudente communication de l'affreux malheur qui devait la frapper. Elle voulut partir sur-le-champ, et le général disposa tout pour son départ immédiat. Deux heures après, S. A. R. était en voiture. Elle voulut suivre la route de Neufchâteau pour éviter Nancy. « Le duc d'Orléans me grondera, dit-elle en partant ; mais n'importe, mon parti est pris ! »

» A quelques lieues en deçà d'Épinal, pendant la nuit, la voiture de S. A. R. fut soudain arrêtée par la rencontre de celle qui devait conduire à Plombières M. le commandant Bertin de Veaux et M. Chomel. Ce dernier s'approcha de la portière de la princesse, qui mit pied à terre avec une vitesse extraordinaire. « Quelles nouvelles ? demanda S. A. R. toute tremblante. Il est donc plus malade ? » M. Chomel n'eut pas la force de répondre. « Il est mort ! Je vous comprends ! » s'écria la princesse avec un accent déchirant ; et on eût dit qu'elle allait succomber sous le poids de son malheur. La crise fut longue et terrible... Après avoir dit qu'elle comprenait, la Princesse ne voulait plus croire à la réalité de la catastrophe si épouvantable. « Non, cela n'est pas possible ! s'écriait-elle avec angoisse. Vous vous trompez, il n'est pas mort ! Nous le retrouverons. Je le reverrai ! »

» Cette scène de douleur, à laquelle l'obscurité de la nuit ajoutait son deuil affreux, durait depuis longtemps. La Princesse fut reportée dans sa voiture ; elle ordonna de faire la

4

plus grande diligence. Elle voulait arriver à temps « pour » revoir mort, disait-elle, celui que le ciel l'avait condamnée » à ne plus retrouver vivant! »

» A Mirecourt, S. A. R. rencontra ses augustes sœurs, la Duchesse de Nemours et la Princesse Clémentine, qui venaient au-devant d'elle et qui avaient déjà passé deux nuits. Elle monta dans leur voiture et continua sa route vers Paris, sans s'arrêter un seul instant.

» Partout, sur le passage de S. A. R., les populations ont témoigné par leur contenance respectueuse, triste et consternée, la part qu'elles prenaient à son malheur.

» Arrivée à Neuilly, et après avoir été reçue par LL. MM., Madame la Duchesse d'Orléans a demandé ses enfants, qui lui ont été amenés. Elle les a pressés sur son cœur en les baignant de larmes.

» Ensuite S. A. R. a été conduite par LL. MM. dans la chapelle où repose M. le Duc d'Orléans. La Princesse s'est agenouillée et a fait une prière. Puis elle a demandé avec instance que le cercueil fût ouvert... Mais cette triste et suprême consolation ne pouvait plus être accordée à sa douleur. Le cercueil avait été scellé avec du plomb, et il eût été impossible de l'ouvrir sans y employer beaucoup de temps et beaucoup d'efforts.»

« L'arrivée de LL. MM. le Roi et le Reine des Belges ne laisse plus absent qu'un seul membre de la famille royale, le Prince de Joinville, que l'on suppose être dans les parages de Smyrne; des bateaux à vapeur ont été envoyés à sa recherche. »

« Il faut renoncer à peindre la douleur de la famille royale ; le Roi a voulu revoir plusieurs fois et les restes de son fils et le cercueil dans lequel ils ont été renfermés. La présence de son gendre a paru soulager sa souffrance ; il travaille avec assiduité, on a dit de lui qu'il avait le cœur d'un père et la tête d'un Roi.

» La Reine est positivement inconsolable ; entourée des regrets et de la tendresse de toute sa famille, elle ne peut arrêter le cours de ses larmes ; elle a voulu conserver tous les objets qui ont appartenu au fils qu'elle pleure avec tant d'amertume.

» Madame la Duchesse d'Orléans reste morne et presque oujours silencieuse ; mais ni son maintien ni son langage n'expriment l'abattement ; en elle les devoirs de la mère soutiennent les forces de l'épouse. Elle sait qu'elle a une mission providentielle à accomplir.

» Une des personnes attachées à sa maison désirait lui être présentée : — « Je le veux bien, dit-elle ; ces émotions me fortifient, et puis je veux promptement accueillir les témoignages de la douleur des autres pour être plus tôt tout entière à la mienne. »

» Les enfants du Prince royal ne comprennent rien à l'affliction, aux larmes, aux prières et aux tendres soins dont ils sont entourés. Le comte de Paris demande son petit papa ; et il regarde avec étonnement les pleurs que ces [paroles font répandre à sa mère, qui le presse contre son sein et le recommande à la Providence. »

« La maison dans laquelle M. le duc d'Orléans a rendu le dernier soupir a été fermée le lendemain de l'événement. Des personnes envoyées du château sont venues faire un inventaire minutieux de tous les meubles et objets que cette chambre contient. M. Cordier voulait enlever une faux suspendue à la muraille ; mais on l'a prié de l'y laisser. On a, de plus, levé de la manière la plus exacte le plan de la chambre avec la place que chaque objet y occupe. Une pièce absolument pareille sera disposée, dit-on, au palais de Neuilly, et tous ces objets y occuperont la place où ils étaient dans la chambre où est mort le Prince. Ce sera pour la Reine, qui en a exprimé le vœu, un triste et pieux souvenir.

» L'achat de la maison a été également arrêté avec le propriétaire. Cette maison sera démolie, et une chapelle sera élevée sur son emplacement. »

La maison a été achetée par la liste civile au prix de 110 mille francs.

Voici comment la fatale nouvelle a été annoncée à la Princesse royale :

« Tandis que Paris et une partie de la France étaient déjà en deuil, la ville de Plombières, heureuse de posséder S. A. R. Madame la Duchesse d'Orléans, voyait avec un bonheur inexprimable les premiers bons effets des eaux et du bon air des montagnes sur la santé de la Princesse.

» Les nombreux étrangers qui affluent à Plombières dans cette saison montraient chaque jour aussi l'expression du plus vif intérêt pour cette Princesse, si digne de celui qu'elle allait perdre dans quelques instants.

» La journée du 13 avait été, comme la plupart des journées de madame la Duchesse d'Orléans, consacrée à des soins charitables, à donner des audiences aux malheureux, à faire du bien, et à le bien faire.

» Le soir, après sa promenade ordinaire dans les montagnes, S. A. R. avait admis à sa table M. le curé de Remiremont, ceux de Plombières, de Saint-Amé, et plusieurs autres personnes notables.

» Le 14, terrible jour qui a été pour nous le jour des plus amères douleurs, la Princesse avait répandu de nouveaux bienfaits, elle avait fait de bienveillantes emplettes, et comblé de bonheur une foule de pauvres gens qui avaient été admis devant elle.

» Vers trois heures, la Princesse sortit en voiture pour faire une plus longue course que les autres jours. Le temps était beau, l'air était pur, toute la population s'était portée du côté où S. A. R. devait passer.

» A six heures et demie, quand la Princesse rentra en ville, sa douce physionomie, son regard bienveillant semblaient dire aux personnes accourues sur son passage : « Je suis heureuse au milieu de vous. »

» Hélas ! pendant cette promenade, un courrier expédié de Nancy par M. le duc de Nemours était arrivé à Plombières. On avait cru d'abord qu'il annonçait le Prince ; mais peu de moments après, l'air consterné des gens de la Princesse avait trahi l'idée d'un grand malheur. Etait-ce le Roi, était-ce le Prince royal ou quelque autre personne de la famille? On se perdait en désolantes conjectures.

» Que l'on juge donc de l'effet déchirant que produit sur chacun la vue de la Princesse rentrant chez elle avec calme et gaieté, comme elle était sortie trois heures auparavant.

» S. A. R. avait du monde à dîner ; elle s'apprêtait à entrer dans ses salons, lorsque, après de terribles hésitations pour trouver le moyen de lui laisser du moins entrevoir quelque chose du grand malheur qui allait l'accabler, on s'arrêta à l'idée de lui porter ce premier coup en ne parlant d'abord que d'une grave maladie du Prince.

Ce fut M. le préfet des Voges qui eut la douloureuse mission de faire valoir ce pieux mensonge. C'était, dit-il à S. A. R., une dépêche télégraphique qui le chargeait de lui donner ces tristes nouvelles.

Mais rien ne peut rendre ce qui se passa alors ! D'un côté la Princesse, pleine d'effroi, l'œil fixe, interrogeant la prétendue dépêche et le préfet jusque dans le moindre mouvement de ses traits ; de l'autre, celui-ci, désespéré, retenant ses larmes, croyant encore alors à quelque chose de plus affreux que l'affreux malheur même, eut cependant assez de courage et de présence d'esprit pour répondre aux questions pressantes, multipliées de la Princesse, qui voulait tout savoir. Il ne lui cacha pas que la maladie du Prince devait être grave ; mais du conseil même des personnes attachées à la maison de S. A. R., il n'osa pas aller au delà.

» Une heure après, la Princesse était prête à partir. Ce fut alors que cette âme si grande, si belle, se montra pour nous avec le plus indicible rayonnement de courage et de bonté.

» De funestes pressentiments l'avaient sans doute saisie ;

4.

elle versait d'abondantes larmes, et cependant elle se montrait résignée, comme l'âme qui puise sa force en Dieu. Elle parla à tout le monde ; elle prescrivit de nouvelles aumônes ; elle remercia ; elle voulut que les fidèles de Plombières priassent dès le lendemain pour le Prince malade ! On pleurait, on se jetait sur ses mains, sur ses vêtements pour les baigner de larmes.

» Des cris de joie avaient salué, dix jours avant, l'arrivée de Madame la Duchesse d'Orléans à Plombières, hélas ! sous la conduite du vaillant Prince que la France allait voir disparaître du seuil de ce trône constitutionnel où il était si digne de s'asseoir un jour ; des cris de désespoir, des sanglots ont salué le départ de la Princesse : elle emportait les bénédictions de la population tout entière :

» Et le lendemain, dans l'église de Plombières, une foule recueillie pleurait et priait pour celui qui, le jour de son départ, avait dit ! « Je reviendrai : je vous confie ce que j'ai de » plus cher au monde ! »

« Ce n'est point en face du n° 4, mais à cinquante pas plus loin, à l'angle du chemin de la Révolte et de la route du palais de Neuilly, que M. le duc d'Orléans a été précipité de sa voiture. M. Lecordier, qui était sur la chaussée, a relevé le Prince, et, aidé de trois ouvriers, l'a transporté chez lui. L'auteur de cette lettre décrit ainsi le lieu où S. A. R. a été transportée :

» La maison, élevée d'un seul étage, a sur la route une façade peinte en rouge comme la plupart de celles où l'on vend du vin.

» La première pièce sert de boutique ; quelques tiroirs, des paquets de drogues au-dessus d'un pauvre comptoir qui resserre le passage : voilà l'ameublement : c'est la partie réservée à l'épicerie.

» Une petite porte pleine conduit à une arrière-boutique : c'est là qu'est mort le Prince royal de France.

» Une table couverte de toile cirée pour les buveurs, deux

chaises, un petit poêle en faïence avec un tuyau en zig-zag au milieu, quelques vases de cuisine accrochés à la muraille nue, un vieux fusil, deux chandeliers de cuivre sur une large cheminée en pierre dénoircie, remplie par un fourneau où les époux Lecordier font habituellement la cuisine : telle est la composition de cette chambre de douze pieds carrés.

» C'est entre le poêle et le mur du fond, sur deux matelas (sans bois de lit) descendus à la hâte, que l'illustre blessé a été déposé, la tête près du fourneau, les pieds près d'une seconde porte qui donne sur un escalier. Et tout cela éclairé par une croisée délabrée, dont la partie inférieure seule se lève à coulisses, sur une cour où un fumier fétide couvre ou peut-être remplace le pavé. »

Les journaux ont rapporté que le mot d'ordre donné à l'armée la veille de la mort était *Deuil* et *Dreux!*

AUTOPSIE DU PRINCE ROYAL.

Le Prince est mort d'un *écrasement* de la tête. Dupuytren appelait ainsi, dans ses leçons cliniques, les lésions physiques les plus graves et les plus compliquées.

En effet, cette lésion comprend la contusion, la déchirure, la rupture, la fracture. On peut ajouter ici la luxation, c'est-à-dire l'écartement des sutures. Le Prince a donc offert toutes les lésions physiques possibles de la tête.

Ces écrasements sans division de la peau sont ordinairement produits par le choc d'une poutre, d'une grosse pierre, par le passage sur la tête d'une roue de voiture très-lourdement chargée, des trains et des caissons d'artillerie, par la chute des chevaux sur leurs cavaliers, et surtout par les boulets de canon qui frappent obliquement la tête. Les chutes produisent aussi de pareils désordres, quand elles sont faites d'un lieu très-élevé et qu'elles portent d'abord sur la tête. Or, la voiture du Prince était très-basse ; il a donc fallu qu'une très-énergique impulsion lui ait été imprimée, car le poids seul du corps tombant de cette hauteur ne peut donner la raison de tant de fractures, d'un si complet écrasement. Il faut même que les deux forces aient été dirigées de manière à faire supporter à la tête la presque totalité du choc ; ou bien il faudrait supposer une fragilité extrême des os, comme celle qui a été offerte par le crâne du malheureux Bennatir.

OUVERTURE DU CORPS QUARANTE HEURES APRÈS LA MORT.

« *Aspect extérieur*. — Commencement de putréfaction, surtout sur la région abdominale et à la partie postérieure du tronc. — Rigidité cadavérique des membres. — Traces de contusion sur la joue droite, sur le sourcil du même côté et sur le côté droit du front. —Tumeur sanguine à larges bases sur la partie postérieure et droite du crâne. — Traces de contusions à la partie antérieure des genoux, à la main gauche. — Marques des nombreuses sangsues qui ont été appliquées derrière les oreilles. — Piqûre de la veine médiane céphalique droite, résultat de la saignée. — Marques nombreuses de ventouses scarifiées sur le tronc et sur les membres.— Marques de sinapismes.

» Infiltration sanguine des parties molles qui recouvrent les régions supérieure, postérieure et latérales du crâne; cette infiltration est plus prononcée à droite et en arrière que partout ailleurs.

» Désunion de la suture lambdoïde, des sutures écailleuse et mastoïdienne gauches, de la suture sphénoïdale et des deux sutures sphénopétrées.

» Fractures nombreuses qui peuvent être divisées en trois séries :

» 1° *Côté droit du crâne*. Une de ces fractures part du côté droit de la suture lambdoïde, passe un peu au-dessus de l'angle postérieur et inférieur du pariétal, sur la portion écailleuse du temporal, s'étend dans la fosse temporale, et vient se terminer sur la grande aile du sphénoïde.

» 2º *Côté gauche du crâne.* Une autre fracture partant du côté gauche de la suture lambdoïde divise le pariétal d'arrière en avant dans la moitié de son étendue, sépare d'arrière en avant la portion écailleuse du temporal du reste de cet os. (La suture écailleuse étant désunie, comme nous l'avons dit plus haut, cette partie du temporal ne tient qu'aux parties molles.)

» 3º Une troisième fracture divise transversalement le sphénoïde au niveau de la selle turcique.

» L'ensemble des fractures et des déchirures articulaires que nous venons de mentionner établit une division du crâne en deux parties!

» Une partie antérieure et supérieure qui comprend d'arrière en avant les parties les plus élevées des pariétaux, la portion écailleuse des temporaux, le coronal, l'éthmoïde et la presque totalité du sphénoïde.

» Une partie postérieure et inférieure qui comprend l'occipital, les parties inférieures des temporaux et des pariétaux, et la partie la plus postérieure du sphénoïde.

» Cette division permet d'imprimer aux deux parties du crâne que nous venons d'indiquer des mouvements de déduction l'une sur l'autre.

» Le cerveau est très-volumineux; sa portion antérieure et inférieure jusqu'au niveau des scissures de Sylvius, est réduite en un détritus rougeâtre jusqu'au fond des anfractuosités. Une altération semblable, mais beaucoup plus circonscrite, existe en arrière et à droite. Dans la cavité de l'arachnoïde existe un épanchement sanguin considérable. — Le tissu sous-arachnoïdien est le siége d'une infiltration sanguine très-prononcée. — On trouve dans les ventricules quelques gouttes de sérosité sanguinolente. — La moelle et la colonne vértébrale ne sont le siége d'aucune lésion.

» **Épanchement de sang dans les plèvres.** — Les poumons

sont gorgés de sang, mais entièrement libres d'adhérence. Le cœur et le péricarde sont à l'état normal.

» Les viscères abdominaux sont entièrement sains. »

PROGRAMME DES FUNÉRAILLES.

«La translation du corps aura lieu le 30 juillet à dix heures du matin, de Neuilly à Notre-Dame de Paris.

La haie sera bordée de Neuilly à Paris, à droite par la garde nationale, à gauche par la troupe de ligne.

Le corps sera reçu à Notre-Dame par monseigneur l'archevêque de Paris.

Aucune cérémonie religieuse n'aura lieu ce jour-là.

Le lendemain et les deux jours suivants, 1er et 2 août, l'église sera ouverte au public. Dix mille bougies seront allumées, et le corps exposé sur un riche catafalque tendu de draperies violettes et or, comme pour les funérailles impériales.

Le 3 août aura lieu le service funèbre en présence des princes ses frères, et de toutes les autorités constituées.

Le Conservatoire de musique exécutera le *Requiem* de Mozart. M. Auber, directeur du Conservatoire, a composé la marche funèbre.

Le lendemain 4, à quatre heures du matin, le corps partira en poste pour Dreux. Il sera traîné jusqu'à la barrière de l'Étoile, par les boulevards, sur un char d'une grande magnificence. Les restes du prince royal seront reçus à la chapelle de famille par le Roi, qui s'y rendra dès la veille. »

DESCRIPTION DE LA POMPE FUNÈBRE.

« La translation aura lieu le 30 de ce mois. Le cortége qui ira prendre sa dépouille mortelle à la chapelle de Neuilly se composera en avant du petit char funèbre qui doit servir au transport du corps, de Paris à Dreux. Ce char est en forme de voiture fermée, se rapprochant du style Louis XIV. Il est couronné par une galerie de bronze argenté et ciselé. Le drap, tant à l'extérieur qu'à l'intérieur, est orné de broderies en soie noire, et rehaussé de galons et broderies d'argent.

Viendront ensuite : le grand char funèbre, se rapprochant, pour la forme, des corbillards en usage, mais construit avec un grand luxe et des attributs tout spéciaux. On y remarque d'abord deux figures allégoriques en argent, formant l'extrémité du dôme et portant une *armure-attribut* garnie de plumes flottantes. Aux angles de l'impériale sont placés des casques antiques à plumes flottantes. Ce couronnement est porté par quatre génies ailés. Derrière les génies, des trophées de drapeaux tricolores, puis la draperie *faîtière* en velours noir, brodé et broché d'argent.

Le drap mortuaire est d'une magnificence dont rien n'approche ; il recouvrira le velours du cercueil. Les pentes du char descendront jusqu'à terre ; elles sont en velours magnifique, et présentent les plus riches dessins. Six chevaux noirs, entièrement cachés sous de longs camails, dans le style des caparaçons du moyen âge, traîneront le char conduit par un cocher et un postillon en livrée de deuil. Chaque pièce est armoriée au chiffre du prince.

Une voiture de deuil, entièrement noire, traînée par six chevaux couverts de longs camails, et sans ornements, est destinée aux princes de la famille royale. Une autre voiture, traînée seulement par quatre chevaux, contiendra un prie-Dieu sur lequel sera déposée l'urne qui contient le cœur de S. A. R.

Deux ecclésiastiques en prières seront placés dans la voiture, à côté du prie-Dieu, et préposés à la garde de ce triste dépôt.

Deux autres voitures à quatre chevaux, brodées et argentées de couronnements ciselés, sont destinées à MM. les maréchaux de France et à MM. les ministres. Seize voitures de deuil à deux chevaux fermeront la marche.

Toutes ces voitures seront armoriées au chiffre du prince.

Le cheval de bataille, celui que M. le duc d'Orléans a monté lors de sa dernière campagne, fera partie du cortége; il sera couvert d'un crêpe funèbre et conduit par deux piqueurs portant le grand deuil de la maison royale.

Le cortége se rendra à la cathédrale de Paris dans le même ordre, en passant par les quais. Le cercueil sera reçu à la porte par M. l'archevêque de Paris, assisté de tous ses suffragants, de plusieurs évêques présents à Paris et de tout le clergé du diocèse. On fait depuis trois jours de grandes dispositions dans l'intérieur de Notre-Dame pour cette triste cérémonie.

L'immense vaisseau de la nef, depuis la voûte jusqu'au-dessus des tribunes, sera entièrement revêtu d'une tenture noire, contournée d'une frise d'ornements byzantins en broderies d'argent; les tribunes seront tapissées intérieurement de drap noir; les ogives seront également revêtues de tentures; des lampes sépulcrales en argent éclaireront toutes les tribunes. Les bas côtés, disposés en gradins éclairés, et tendus de la même manière que les tribunes, seront en outre rehaussés d'une riche frise en broderies d'argent.

Les *transepts* seront disposés pour former à droite et à gauche deux grands amphithéâtres, où siégeront les membres de la chambre des pairs et de la chambre des députés. La partie supérieure du chœur sera décorée comme la nef : les tribunes du chœur porteront des bandeaux d'étoffe noire, semés d'étoiles, de croix grecques et de chiffres. Une mosaïque éclatante de broderies, une frise en style pareil et quatre-vingt-dix lampes d'argent pareront le maître-autel au-devant de la croix de fond. Au centre, appelé la croix de l'église, s'élèvera un soubassement entouré de quatorze cariatides d'argent; ces statues colossales porteront l'estrade sous laquelle reposera le cercueil. Un immense baldaquin, de trente-trois mètres d'élévation, en velours doublé d'hermine et brodé d'une manière éblouissante, descendra de la voûte sur les bas côtés du catafalque. Les courtines de velours seront relevées aux piliers de la croix par des trophées de drapeaux tricolores. On montera au sommet de ce soubassement, et jusqu'à l'entrée du catafalque où sera placé le cercueil, par un immense escalier de vingt-cinq gradins, décoré de nombreux candélabres et entouré de cassolettes. Cinq cents cierges brûleront autour du corps. L'ensemble du soubassement et du catafalque présentera une masse imposante de dix-sept mètres de long sur seize de large. Cinquante bannières suspendues à la voûte porteront le chiffre du prince : F. P. O.

L'éclairage sera éblouissant. En sus des lampes et des cierges dont nous avons fait l'énumération, on comptera dans l'église quarante lustres, vingt-quatre lampes de grande dimension, cent vingt-six lampes ordinaires de chœur, cent vingt-deux candélabres, trois cents chandeliers d'église. A chacune des innombrables colonnettes dont la métropole est ornée sera fixée une cariatide portant une lampe sépulcrale. Dans le chœur, le nombre des feux allumés s'élèvera au chiffre de mille huit cent cinquante. Au total, on en comptera six mille.

Le cercueil sera déposé sous le catafalque du chœur. Trois jours durant, les 31 juillet, 1er et 2 août, le corps restera exposé en chapelle ardente. Pendant ces trois jours, la cathédrale sera éclairée par des milliers de lumières. Le public sera admis à visiter le sépulcre et à jeter l'eau bénite.

5

Le 4 août aura lieu le service funèbre et le *Requiem* sera chanté. Les princes, les autorités, toutes les notabilités présentes à Paris assisteront à cette messe.

Le 5, la voiture de transport et une nombreuse escorte conduiront le corps à Dreux, où sera célébré un nouveau service avant l'inhumation.

— Voici les dispositions prises à l'extérieur de l'église : La décoration du portail s'élèvera à trente-trois mètres au-dessus du parvis, c'est à dire jusqu'à la naissance de la galerie des colonnettes, et en avant des tours. Au haut se profilera une frise brodée en ogives d'argent et trèfles gothiques : au-dessous, seront placés trois vastes panneaux ornés de croix d'argent à leurs angles, et portant à leurs centres deux couronnes de cyprès avec ces inscriptions : *Anvers. — Alger.*

Le panneau du milieu, qui couvre la grande rose gothique du fronton de Notre-Dame, sera décoré du chiffre princier entouré de cyprès d'argent et surmonté de la couronne ducale.

A la hauteur de la galerie des Rois, se développera un bandeau riche, semé d'étoiles, rehaussé de couronnes ducales, et terminé par une large frange torse.

Aux trois portes de l'église, les contreforts seront cachés par de brillantes tentures, et clos de courtines noires bordées d'un magnifique galon historié. La hauteur de cette bordure sera de un mètre trente-cinq centimètres.

Quatre boucliers occuperont la place des patères, et soutiendront les glands des courtines.

La place du Parvis sera fermée par une enceinte quadrilatère de tentures de deuil, soutenue par quatorze beau pylones de porphyre, décorés à leurs sommets de grandes chapes de deuil brodées en quadrilles d'argent et couronnées par des cassolettes de bronze destinées à brûler l'encens. A l'entrée de l'enceinte, formant propylônes, s'élèveront deux mâts de quarante mètres d'élévation, gonfalonés au sommet de pennons noirs flottants, rehaussés des armes princières.

Les tours de Notre-Dame n'ont point été oubliées. Chacune d'elles sera surmontée d'un mât de dix-sept mètres de haut, portant bannière abbatiale en crêpe noir à semis d'étoiles d'argent. Ce décor, qui surpassera de beaucoup la plus grande hauteur de tous les monuments, sera aperçu de tous les points de Paris et même d'un grand nombre de communes avoisinantes. »

SEANCE ROYALE.

26 JUILLET.

« Le Roi a ouvert aujourd'hui la session de 1842. Il est venu les larmes dans les yeux, la voix entrecoupée de sanglots, demander aux Chambres leur concours patriotique dans la circonstance douloureuse où la mort du prince royal a placé la France ; et les Chambres ont répondu par les plus vives acclamations de douleurs, de dévouement et d'enthousiasme.

Telle a été la séance royale de ce jour. Tout y a été vrai, noble et touchant, digne de la France et digne du Roi. Le Roi n'a pas craint de montrer ses larmes. Il a pleuré publiquement celui que tout le monde pleure. En présence de ce malheur affreux qui a frappé notre pays, la douleur du père avait quelque chose d'auguste comme la majesté du roi. Les larmes qui tombaient sur ce trône brillant, entouré de tout l'appareil de la royauté ; ces larmes semblaient un triste et religieux témoignage de la vanité des grandeurs humaines, tandis que cette énergique adhésion des deux Chambres retentissant sous le dais royal, donnait l'idée de la force, de la puissance et de la perpétuité !

Cette dernière impression survivra, nous l'espérons, aux émotions pénibles de la séance d'aujourd'hui. Hélas ! si soudaine et déplorable qu'ait été la catastrophe du 13 juillet, elle n'ajoutera presque rien à ce que tant d'expériences anciennes et modernes nous ont apris sur l'irrémédiable fragilité de notre nature. Mais ce grand malheur a du moins révélé quelle est encore, sur cette terre de France jonchée de tant de ruines monarchiques, la force du sentiment national qui protége l'établissement de notre royauté nouvelle. Le peuple a pleuré dans le duc d'Orléans non-seulement le prince infortuné que la mort est venue frapper sur le seuil de la plus brillante fortune, mais le soutien héréditaire de la constitution monarchique que le peuple a voulu fonder et qu'il saura défendre. Tel est le sens de cet immense deuil qui couvre la France. L'émotion du peuple avait précédé l'acclamation du parlement. Les Chambres ont été aujourd'hui les organes fidèles de la douleur publique. Dans quelques jours, leur mission sera de calmer les alarmes que la mort de M. le duc d'Orléans a fait naître. Le pays a obtenu l'ordre et la liberté à l'abri du gouvernement monarchique. Troublé tout à coup dans la jouissance de ces biens inestimables achetés au prix de tant d'épreuves douloureuses, le pays, par l'organe de son Roi, demande qu'on lui rende sa sécurité.

La session qui s'ouvre, quelque courte qu'elle puisse être, aura donc, à quelques égards, le caractère de cette session mémorable qui a fondé parmi nous, il y a douze ans, sur un contrat librement discuté et consenti, l'édifice d'une constitution monarchique. Depuis le jour où le Roi de juillet a juré la Charte, jamais il n'avait eu à invoquer la puissance constituante du parlement français. Et qui aurait imaginé, en effet, en voyant ce Roi appuyé sur sa virile jeunesse et sur la double paternité du premier né de sa race, qu'il aurait jamais à discuter les périls d'une minorité, à s'inquiéter d'une régence, à se préoccuper des périls que sa mort pourrait déchaîner sur sa descendance et sur son pays? La fin tragique de M. le duc d'Orléans a imposé ces tristes soucis à la royauté. En regardant autour de lui dans sa famille dévastée par la mort, le Roi s'est dit que ce fardeau de l'avenir, que le sort faisait retomber sur sa vieillesse, pouvait être encore noblement porté. Il s'est adressé aux Chambres. Le discours de la couronne annonce une loi de régence. Les Chambres aviseront; mais nous avons confiance. En voyant se grouper autour du trône ces quatre princes, fils de roi, dont trois ont déjà donné à leur pays tant de gages de dévouement, nous nous sommes dit à notre tour que la succession de courage, de patriotisme et

B.

d'honneur laissée par M. le duc d'Orléans ne pouvait tomber en déshérence!

Et maintenant, nous allons essayer de décrire ce noble et touchant spectacle que nous avons eu aujourd'hui sous les yeux pendant cette courte entrevue entre la royauté et les chambres; noble spectacle, en effet, celui de ce vieux Roi travaillant à recueillir les débris de ce grand naufrage de sa famille, faisant tête à la fortune du milieu de sa douleur et de ses larmes, et après avoir garanti le présent par sa sagesse, appliquant toute sa prévoyance paternelle et toute sa sollicitude royale au soin de préserver l'avenir.

Ce matin, à onze heures et demie, le Roi était arrivé aux Tuileries, accompagné de S. M. la Reine, de Mme la princesse Adelaïde, et des princes ses fils.

A midi, le Roi a reçu les ministres.

A une heure, le Roi est monté en voiture. LL. AA. RR. M. le duc de Nemours, le prince de Joinville, les ducs d'Aumale et de Montpensier accompagnaient S. M.

Le cortége marchait dans l'ordre suivant :

Un escadron de dragons;

Un escadron de la garde nationale;

MM. les lieutenants-généraux Jacqueminot et Dariule, avec les états-majors de la garde nationale et de la place. ;

La voiture du Roi ; M. le maréchal Gérard à la portière de droite, et M. le général d'Houdetot à la portière de gauche; autour de la voiture, plusieurs officiers de la maison de S. M., et en avant, M. le préfet de police.

Venaient ensuite M. le lieutenant-général Pajol, son état-major, et un grand nombre d'officiers généraux;

Un escadron de la garde nationale;

Des voitures où étaient les maréchaux et les amiraux;

D'autres voitures occupées par les officiers de la maison du Roi et des princes;

Un escadron de lanciers fermait la marche.

Depuis le palais des Tuileries, en longeant le quai, la haie était formée, à droite, par de nombreux détachements de la garde nationale, et à gauche par la troupe de ligne.

Sur tout le passage du Roi, les troupes et la garde nationale n'ont pas cessé de faire retentir les plus vives acclamations.

Dans l'intérieur de la salle, le trône de S. M. avait été disposé, comme les années précédentes, dans la partie de l'hémicycle où est placée la tribune, et où siége le président de la Chambre des députés. Seulement les faisceaux de drapeaux tricolores qui ombragent le dais royal à droite et à gauche étaient voilés de deuil; et la tribune de la Reine, où tous les regards cherchaient S. M., était occupée par les femmes des ministres.

Toutes les autres tribunes avaient été envahies depuis dix heures du matin, et elles regorgeaient de spectateurs. Les dames étaient en grand deuil; presque tous les hommes portaient l'habit noir. Deux rangs de banquettes avaient été, en outre, réservés pour les dames dans l'enceinte même de la chambre.

A une heure moins un quart, le corps diplomatique a été introduit. Tous les ambassadeurs et ministres étrangers étaient en grand uniforme.

Cependant les membres des deux Chambres s'étaient successivement placés, les pairs de France à droite, et les députés à gauche de l'estrade où le trône s'élevait. Jamais la réunion des Chambres n'avait été aussi nombreuse à une séance royale. Les pairs étaient en costume. Les députés avaient tous une tenue de deuil rigoureuse, le crêpe au chapeau et les gants noirs. Leur nombre n'était pas moindre de quatre cents. On comptait plus de deux cents pairs. Parmi les nouveaux élus des dernières élections, on remarquait MM. d'Haubersaërt, Marie, Ferdinand Barrot, Bethmont, Narcisse Vieillard, Terme, maire de Lyon ; Feuillade-Chauvin, procureur général ; Paul Daru, Saint-Marc-Girardin, Edmond Blanc, Paul de Ségur, Cerfbeer, de Viart, Cambacérès, le général Oudinot, Crémieux,

Drouin de Lhuys, de Lasteyrie, Cabanon, Boulay de la Meurthe , etc.

Les banquettes dressées en avant du trône avaient été occupées par les membres du conseil d'État, les lieutenants généraux et les grands officiers de la Légion d'honneur.

Une banquette était réservée aux maréchaux de France qui
devaient accompagner le Roi; deux autres, plus rapprochées
du trône, étaient destinées aux ministres, qui devaient précé-
der seulement de quelques minutes l'entrée de S. M.

A une heure, le canon des Invalides a annoncé que le Roi
venait de quitter le palais des Tuileries. Cette première annonce a causé une vive sensation dans la salle.

A une heure un quart, le Roi arrive au Palais-Bourbon. Le
bruit des tambours qui battent aux champs retentit presque
dans l'enceinte de la chambre. Un profond silence s'établit sur
tous les bancs et dans les tribunes. L'émotion est générale.

Au seuil du salon d'attente, le Roi est reçu :

Par M. le baron Pasquier, chancelier de France, à la tête de
la grande députation de la Chambre des pairs, composée de
MM. le duc de Crillon, de Cambacérès, comte de Excelmans,
comte Beugnot, marquis de Lusignan, duc de Montebello,
comte de Murat, Persil, vicomte Villiers du Terrage, baron
Feurtrier , baron Davillier, comte Heudelet, duc de Massa ,
marquis de Rochambeau et Odier ;

Et par M. Laffitte, doyen d'âge, à la tête de la grande députation de la Chambre des députés, composée de MM. Dumon
(Lot-et-Garonne), Delbecque, Galos, Chambolle, Richon-Des-
brus, de Salvandy, Nisard, Isambert, Sauzet, de Saint-Albin,
Schneider (d'Autun), Dubois (Loire-Inférieure), Dupin aîné,
général comte d'Houdetot, Sapey, Jollan, Dubois-Fresnay, de
Monthiéry, Bresson, Hernoux.

En ce moment, M. le maréchal Soult, duc de Dalmatie, pré-
sident du conseil et ministre de la guerre; M. Martin (du
Nord), garde des sceaux, ministre de la justice et des cultes ;
M. Guizot, ministre des affaires étrangères ; M. le comte Du-

châtel, ministre de l'intérieur ; M. Lacave-Laplagne, ministre des finances ; M. l amiral baron Duperré, ministre de la marine et des colonies ; M. Cunin-Gridaine, ministre de l'agriculture et du commerce ; M. Teste, ministre des travaux publics, et M. Villemain, ministre de l'instruction publique, viennent occuper les places qui leur sont réservées.

MM. les maréchaux duc de Reggio, comte Molitor, comte Valée, comte Sébastiani, entrent dans la salle et se placent en avant du trône. M. le maréchal Sébastiani avait précipitamment quitté les eaux d'Ems, où sa santé le retenait depuis quinze jours, pour venir donner au Roi cette nouvelle preuve de son dévouement.

Les députations de la Chambre des pairs et de la Chambre des députés vont prendre leurs places sur les premières banquettes du centre, en face de l'estrade royale.

Bientôt arrivent les officiers généraux qui ont accompagné le Roi, les aides de camp du Roi et des princes, les écuyers de S. M. et de LL. AA. RR., les colonels de la garde nationale et la garde municipale. Les officiers de la maison du Roi, M. le général Athalin en tête, se placent sur l'estrade, dans tout l'espace réservé en arrière du trône. M. le maréchal Gérard et M. le lieutenant-général Jacqueminot sont à gauche du fauteuil royal, à quelques pas en arrière.

Un huissier annonce : *Le Roi !*

Toute l'assemblée se lève par un mouvement spontané et unanime.

Le Roi monte lentement les degrés de l'estrade. A peine arrivée au milieu, S. M. est saluée à plusieurs reprises par d'énergiques acclamations qui éclatent avec une nouvelle force au moment où le Roi se trouve en face de l'assemblée. S. M. répond de la tête et du geste. Des larmes coulent de ses yeux. L'émotion est générale et profonde. Une nouvelle salve, encore plus bruyante que les précédentes, retentit dans la salle au moment où le Roi s'assied sur son trône.

Toute l'assistance prend part à cette démonstration toute

monarchique, hormis cependant une portion assez notable des députés de la gauche. Leur silence et leur impassibilité font un douloureux contraste avec l'émotion générale.

Le Roi s'assied.

Les princes se placent à droite et à gauche de S. M., sur des pliants établis de chaque côté du trône.

A droite, M. le duc de Nemours, en uniforme de lieutenant-général, et M. le duc d'Aumale, en uniforme de colonel du 17e régiment d'infanterie légère ;

A gauche, M. le prince de Joinville, en uniforme de capitaine de vaisseau, et M. le duc de Montpensier, en uniforme d'officier d'artillerie.

Le Roi se couvre.

Tous les assistants prennent séance sur un signe de S. M. Un profond silence règne dans l'assemblée.

Le Roi prononce le discours suivant :

« Messieurs les Pairs, messieurs les Députés,

» Dans la douleur qui m'accable, privé de ce fils chéri que » j'avais cru destiné à me remplacer sur le trône, et qui était » la gloire et la consolation de mes vieux jours..... » (Ces paroles de S. M. sont prononcées avec un accent déchirant et interrompues par des sanglots et par les acclamations de l'assemblée qui crie : *vive le Roi!*) « j'ai éprouvé le besoin » de hâter le moment de votre réunion autour de moi. Nous » avons ensemble un grand devoir à remplir. Quand il plaira » à Dieu de m'appeler à lui, il faut que la France, que la » monarchie constitutionnelle ne soient pas un moment expo-» sées à une interruption dans l'exercice de l'autorité royale. » Vous aurez donc à délibérer sur les mesures nécessaires pour » prévenir, pendant la minorité de mon bien-aimé petit-fils, » cet immense danger.

» Le coup qui vient de me frapper... » (Le Roi s'interrompt. Les Chambres répètent avec force le cri de *vive le Roi!*) « ne » me rend pas ingrat envers la Providence, qui me conserve

» encore des enfants si dignes de toute ma tendresse et de la
» confiance de la France. (Acclamations.)

» Messieurs, assurons aujourd'hui le repos et la sécurité de
» notre patrie. Plus tard je vous appellerai à reprendre, sur
» les affaires de l'État, le cours accoutumé de vos travaux. »
(Longues et énergiques acclamations.)

Le ,Roi se lève, remercie l'assemblée avec émotion, et se
rassied au milieu des cris de *vive le Roi! vivent les Princes!*
Les tribunes prennent part à cette démonstration, qui se pro-
longe pendant quelque temps après que S. M. a fini de parler.
On voit un grand nombres d'assistants essuyer leurs larmes.

M. LE MINISTRE DE L'INTÉRIEUR, après avoir pris les ordres du
Roi, dit : MM. les députés sont admis à prêter serment. Je vais
lire la formule :

« Je jure fidélité au Roi des Français, obéissance à la Charte
constitutionnelle et aux lois du royaume, et de me conduire
comme il appartient à un bon et loyal député. »

M. le ministre fait dans l'ordre alphabétique l'appel de
MM. les députés, qui se lèvent et disent en levant la main :
Je le jure!

Parmi le petit nombre des absents, on remarquait M. le général Bugeaud, qui commande en Algérie; MM. Arago, Du-
pont de l'Eure, Berryer, Chabrol de Volvic, Cormenin, Garnier-
Pagès jeune, Arthur de la Bourdonnaye, de Gras-Préville,
Henri de Larochejaquelein.

Parmi ceux de MM. les députés qui ont prêté serment devant le Roi, on a remarqué MM. Dugabé, duc de Valmy, le
colonel de Lespinasse, Joly, Marie, Carnot, Georges La-
fayette, etc. L'appel nominal a duré une demi-heure.

M. LE GARDE DES SCEAUX : Au nom du Roi des Français, nous
déclarons ouverte, pour 1842, la session annuelle des deux
Chambres. Nous invitons MM. les pairs et MM. les députés à
se réunir demain dans le lieu respectif de leurs séances, pour
y commencer leurs travaux.

Le Roi se lève et salue l'assemblée. Des cris de *vive le roi !
vive la famille royale !* éclatent de toutes parts.

Une salve d'artillerie annonce le retour du cortége, qui a
repris la rue de Bourgogne, le pont de la Concorde et le quai
des Tuileries.

Les plus vives acclamations, mêlées des marques de la plus
profonde sympathie, ont accompagné le Roi jusque dans la
cour de son palais. La foule était immense aux abords des
Tuileries et sur les ponts. L'ordre le plus parfait n'a pas cessé
de régner sur tous les points parcourus pas le cortége royal. »

FIN.

TABLE.

Imprimerie de Vᵉ DONDEY-DUPRÉ, rue Saint-Louis, 46, au Marais.